북에서 온 긴 코털의 사내

최치언

시인의 말

찬별처럼 울던 소년과 그 옆에서 화장을 고치던 소녀
가 보고 싶다

최치언

북에서 온 긴 코털의 사내

차례

1부

발문

– 김남중 (동화작가)

1부

곰곰이 생각해 보니까
예수는 물 위를 걸었던 것 같지 않다
그건 시를 쓰는 시늉에 불과했다
인간은 아침 나팔꽃보다 못하다 그러나 인간은
말씀을 믿고 나팔꽃의 모가지를 부러뜨린다
형상은 두 가지다
예수가 물 위를 걷는 포즈라든가 인간이 나팔꽃을
꺾는 죄의식의 순간이다
나는 이 모든 절정의 순간에
가운데의 미학을 택했다
예수도 없고 인간도 없는
그러나 그 모두가 필요한 그곳에 시는 있다

그날 이후

블라디보스톡에는 눈이 내리고 있었다
레닌이 기차에서 졸고 있었다
한 아이가 기차의 창문에 이렇게 썼다
우리 아버지를 돌려주세요
이내 기적이 울리고
레닌이 잠에서 깼을 땐,
보스톡의 눈이 모르는 척 아이와 그의 아버지를
지우고 있었다
혁명은 실패하고 있었다
공장들이 점점이 눈 속에 묻히고 있었다

겨울 소묘

참새구이를 파는 털모자의 아저씨는
이따금 눈이 내리는 겨울 하늘을 향해 손을 휘저
어대고
있었다 무얼까요? 나는 그 모습이 하도 우스꽝스
러워
아저씨!
새들은 어디에서 죽나요
그는 새가 죽는 것이 아니라 사라지는 것이라고
불현듯, 옆구리쯤에서
장총을 꺼내들었다
무얼까요? 나는 다급한 순간에 무엇을 쫓듯
하늘을 향해 손을 휘저어댈 수밖에 없었으니
겨울 하늘에 무엇이 있었을까요?
총을 한 방 맞은 새처럼 털모자가 바닥에 떨어지자
꽝꽝 언 겨울 하늘이 부서지며
정말 신기하게도
사라진 새들이 허공 중에서 날아올랐다
하얀 알몸으로 쏜살같이 전신주 너머로

사라지고 있었다

나는 그저 새가 드디어 사라졌구나 하며

눈발이 날리는 공터에 오랫동안 서있었다

캘리포니아 오렌지에 대한 짧은 유감

먼저 권총을 뽑는다면 죽일 수 있다 누굴?

브라운이라는 총잡이는 열여섯 살 때 처음으로
사람을 죽였다
안개 속에서 그는 눈을 감고 방아쇠를 당겼는데
누군가의 틀니가 아주 비극적으로 땅바닥에 나뒹
굴었다, 안개가 한 달 동안
그 비극을 감추었다
당연히 브라운의 아버지도 한 달 동안 집에 돌아
오지 않았다
안개는 모든 냄새와 피의 색깔을 지워버렸다 그러
므로 브라운은
하루하루 안전하게 자신의 키가 자라는 것을 문
틀에 기록할 수 있었다
스무 살이 되던 해에 브라운은 캘리포니아로 떠
났다
그의 머릿속엔 담장에 길게 늘어선 검은 이빨의
총잡이들이 보였다

해바라기,

칸나,

넝쿨장미 사이로 도망하는

그들의 눈알에 총알을 쑤셔 박았다 왜? 무엇 때문
에?

그가 캘리포니아에 도착했을 때 그의 나이는 서
른 살이 되어있었다

그는 지도에도 없는 농장에서 한 절름발이 여자
를 사랑했고, 실례합니다라는 말도 없이

오렌지 속살 같은 그녀의 음부를

베어 물었다 바지 지퍼에 물린

검은 치모를 채 빼기도 전에 안녕이라는 말도 없
이, 여자는 오렌지 나무에 목을 매버렸다

쌍,

그깟 일로,

더럽게 불운한,

그의 사랑을 안개가 찾아와 밤새 감춰버렸다

마흔 살

더 이상의 살인은 그에게도 피곤한 일처럼 보였다
커피,
말좆같은 시가(cigar),
은빛 동전,
테이블 위를 나뒹구는 농담 사이로
브라운은 자신의 카드를 내던졌다
그곳에서도 열두 명이 죽었다
대가리가 터진 목사는 성경의 한 구절을 간신히
외우고 자신의
무덤인 교회로 기어들어 갔다
브라운은 교회까지 쫓아가서 그의 대가리에 총알
을 박아버렸다
완전한 믿음,
흔들리는 촛대,
이 빠진 풍금 위로 목사는 십자가처럼 드러누워
버렸다
이제 남은 것은 성경책처럼 두꺼워진 브라운의 죄
였다

그러나 그는 아멘을 짧게 외치곤 자신의 죄에도
총질해댔다

그 후로, 캘리포니아 사람들은 브라운이 잠들 때
만 유령처럼 돌아다녔다

브라운이 잠에서 깨면

아침 햇살은 너무나 맑고 투명하게 그의 소가죽
구두 위에서 광약처럼

빛났다

아무도 상대할 수 없는 브라운

햄버거를 먹고 침을 뱉고

자신의 사타구니에 키스를 퍼붓는 창녀의 엉덩이
를 주무르는 우리들의

악당 브라운

쉰 살이 될 때까지 그가 죽인 캘리포니아인들은
총 천이백 명에 달했다

그래도 브라운은 웃고 울고 자신의 삶을 즐겼다

그의 목에 더 많은 상금이 걸릴수록 브라운은

당당히 거리를 활보하고 다녔다

그러던 어느 날, 찰리라는 절음발이 총잡이가 그를 찾아왔다

찰리는 그때 나이가 스물둘이었는데 그의 귓불에선 아직도

오렌지 나무에 목을 매단 누이가 쓰던 비누 냄새가 났다

찰리는 브라운의 검은 치모를 바람에 날리며 그에게 총을 먼저 뽑을 것을 명령했다

오! 웃기는,

창녀의 방귀 소리 같은,

왼손의 카드를 오른손이 훤히 알고 있는 어처구니,

그런데 썩지 않는 치모여!

브라운은 굳은 말똥 같은 표정으로

찰리에게 먼저 뽑으라고 말했다

그때 브라운의 머리카락엔 나른한 욕조의 비눗방울이 캘리포니아의 태양을 가득 담고 있었다

탄띠,

오렌지 속살처럼 잔뜩 물이 밴 음부,

위대한 기억들,

그것으로 끝이었다

권총을 먼저 뽑는다면 죽일 수 있다 브라운을

오래된 난로

혹시 문을 열어 놓고 온 건 아니겠지,
그런데 어디서 이렇게 바람이 들어오는 거야,
난로 속에서 이상한 소리가 들리는데요,
석탄들이 제 몸속에서 불씨를 찾는 소릴 거야,
그런데 정말 문은 닫고 오긴 온 거야,
잘 들어봐요 그런 소리가 아닌데요
이 방은 바람이 지나가는 길목이라고 자칫하면
불이 꺼질 수도 있어, 그럼 우리들의 영혼도 같이
사라지고 말지,
점점 더 소리가 크게 들려요,
불씨를 찾아냈나 보군 굉장하겠어 불온한 횃불과
같을 거야,
빨리 이 방을 나가야겠어요, 난로 속에서 사람들
의 비명
소리가 들려요
정말 문은 닫고 오긴 온 거야 귀가 다 떨어져 나갈
지경이군
저것 봐요, 뚜껑을 열고 덩굴처럼 손들이 기어 나

오고 있어요

　도대체 당신 난로 속에다 뭘 집어넣죠

　그런 불의 혓바닥이라고 하는 거야 더운 몸을 식히기 위해

　찬 공기를 쓱 핥아먹지,

　머리털이 타는 냄새가 나요, 무엇인가 심하게 오그라들고

　있나 봐요,

　잘됐군, 그럼 머지않아 조용해질 테니까

　그런데 바람은 어디서 이렇게 자꾸 불어대는 거야

　손들이 내 발목을 움켜잡았어요 제발 날 좀 어떻게 해줘요

　내가 나가서 문을 확인해봐야겠어

　전 줄곧 여기에 있었는걸요 그리곤 당신이 들어왔죠

　이런 빌어먹을 자식 왜 지금에서 그런 말을 하는 거지

　오! 제발 제가 난로 속으로 끌려가지 않도록 도와

줘요

　도대체 네 말을 어떻게 믿어, 이곳은 바람이 지나
가는 길이라고

　아직까지 우리들의 영혼이 꺼지지 않은 것도 기적
이라고……

　난로 뚜껑을 열어 놓고 어딜 간 거야

　우스운 자식 별일 아닌 것 같고 도망가다니 그런
데 어디로

　달아난 거야 문은 잠겨 있는데,

　자 그럼 얼어붙은 영혼에 불을 쬐 볼까

담장 아래

그가 걸어간다
모자를 눌러쓰고
검은 외투를 천천히 벗으며
"이젠 느낄 수 있을 것 같아"
오래 묵은 사철나무 아래
그녀가 부시시 일어난다
아주 오랜 잠에서 깨어난 듯
가볍게 눈살을 찌푸리며 걸어온다
"이봐요 이 길로 쭉 가면 어디지요"
그는 눌러쓴 모자를 살짝 치켜올리며
고동색 넥타이를 풀어헤친다
"쓸모없는 것들은 알기에 힘들지 느껴야 해"
담장 아래
바삐 차들이 지나가고
부인들의 뾰족구두가 지나가고
노란 머리띠의 여공들이 지나간다
"이봐요 다들 어디로 가는 건가요"
그는 얼굴을 들어 그녀를 본다

하얀 눈이 점점이 박혀있는 낡은 쉐타 걸치고
그녀는 눈사람처럼 까만 눈을 끔벅인다
"몸으로 느껴야 해 가벼워진 몸만이 알 수 있지"
"좋아요 벗어야만 한다면 벗겠어요 느낄 수 있다
면"
그녀가 옷을 벗어 던진다
던져진 옷들이 햇살 아래 반짝이며 녹는다
알몸의 두 남녀가
담장 아래 걸어간다
그는 마지막으로 모자를 벗어 던진다
마치 마술처럼 새들이 날아오른다
부리마다 색색의 꽃씨를 물고, 어두워가는
저녁의 골목 끝으로 사라져간다
그녀는 그의 귀에 속삭인다
"이봐요 다들 어디로 가는 거죠"
담장 위로 오색의 꽃들이 피어나기 시작한다

오토바이

그의 은빛 오토바이가
아스팔트 위를 달린다
125cc 엔진을 방망이질하며
빌딩 유리 거울 속을 달리고
사진기자의 사진 속을 달린다
잘 먹인 종마처럼
장애물은 뛰어넘고
사람들은 슬쩍 피하면서
도시에서 도시로
낡은 바람의 속살 속에
125cc 최신형 바퀴 자국을 남기며
세상을 밀고 당기며 앞으로 달린다
그는 기수처럼 기어에 박차를 가한다
핸들을 고삐마냥 바싹 움켜쥐고
배기통이 터져나갈 듯 으르릉대도
눈 한번 깜박하지 않는다
꿈이 있다면 지금 죽는 일
죽어서 이름도 남기지 않는 일

스치고 지나간 것들에게 상처를 또렷이 남기는 것
밤이 되면 바큇살에 불똥을 튕기면서
검은 머리를 묘지처럼 얹고 다니는 사람들의
가슴속으로 5단 기어를 당겨 넣는다
그가 달린다
잔뜩 성난 수사자의 갈퀴처럼 머리칼을 휘날리며
단 한 번만이라도 지상을 박차고
떠오르고 싶다고
죽어도 좋을 속도로
마음의 뒤편으로 급회전을 돈다

이상한 단어

여자는 모로 길게 드러누워 발끝을 모래 속에 파묻었다. 〈태풍마저도 이곳을 피해간답니다.〉 해안선에는 버려진 검은 단어들이 나뒹굴고 있었다. 여자는 그중 하나의 단어를 손으로 더듬어 잡았다. 단어의 날카로운 모서리에 손끝이 살짝 베이자 여자는 그 단어를 파도 속으로 집어던져 버렸다. 〈가끔은 살아있는 것들도 있어요.〉 생채기를 혀끝으로 핥으면서 여자는 서 있는 남자를 올려다보았다. 남자는 이곳에서 어젯밤에 잃어버린 단어를 찾고 있었다. 〈찾는 단어가 뭐라고 그랬지요?〉 여자가 누웠다가 일어난 자리에 부러진 단어가 몇 개 보였다. 그러나 그건 남자가 찾는 단어가 아니었다. 〈이곳은 생각보다 황량하군요.〉 남자는 주머니 속에서 메모지를 꺼내 보여줬다. 〈이미 죽었을 텐데 찾아서 뭘 하시려고 그러세요?〉 여자는 남자가 건네준 메모를 훑어보며 하품을 했다. 〈아직 죽진 않았을 거예요. 그 단어는 뭔가 좀 달랐거든요.〉 이따금 하늘에서 단어들이 쏟아져 내렸다. 여자가 집어던진 단어도 파도에 쓸려 다시 여자의 발밑에 버려졌다. 〈이제야 죽었군요. 이곳에서는 그 무엇도 살아남지 못해요.〉 〈이곳에 태양은 뜨지 않나요?〉 〈바람도 비도 불거나 내리지 않아요. 그것보다 전 당신이 누군지 궁금해요. 어떻게 이곳에 왔죠?〉 여자는 메모지를 구겨던져 버리며 남자에게 다가섰다. 〈글쎄요, 이곳에 오기 전 몇 군데를 돌아다녔죠. 운이 좋았어요. 이곳에 한번 다녀간 분을 만났거든요.〉 남자는 여자가 던진 메모지를 주워들며 버려진 단어 사이로 걸어갔다. 아직 남자가 찾는 단어가 살아있다면 모든 건 좀 더 수월해질 거라고 남자는 중얼거려 보았다. 여자가 가슴 섶에서 단어를 꺼낸다. 〈혹시 이거 아니에요?〉 여자의 손에 들려 있는 단어는 분명 살아 있었다. 남자는 뭔가 여자에게 속은 것 같았지만 여자를 쉽게 용서해 주기로 했다. 〈그런데 이 단어의 뜻이 뭐예요? 이곳에 온 이상 죽을 수도 있었는데 처음 보는 단어라서 살려둬 봤어요.〉 여자는 쉽게 그 남자의 단어를 줄 생각이 아닌가 보다. 〈어떻게 읽어야 하죠?〉 〈그건 물의 눈이라고 읽어야 합니다.〉〈도대체 물의 눈이 뭐죠?〉〈저기 저것.〉 남자는 여자의 앞에 펼쳐진 거대한 바다를 가리켰다. 여자는 우습다는 듯이 '저건 바다라고 말해야 해요' 하며 남자를 지극히 바라보았다. 〈아니요, 저건 물의 눈입니다.〉 남자는 여자의 손에 들려있는 단어를 움켜잡았다. 〈이런 단어가 당신에겐 몇 개나 있죠?〉〈저에겐 이런 단어가 수도 없이 많아요.〉 여자는 남자에게 한발 더 다가섰다. 〈그런데 왜 이 단어를 꼭 찾아야겠단 생각을 했죠?〉〈이 단어만 처음으로 잃어버렸기 때문입니다. 그만 돌려주시지요.〉〈저는 이곳의 주인이에요. 여기에 온 이상 이 단어는 내 거예요.〉〈당신은 이 단어의 뜻을 몰라요. 가지고 있어도 별 도움이 되지 않을 걸요.〉 남자는 태양이 뜨지 않는 이곳이 왜 환한 것인가가 의문스러웠다. 〈당신의 의문은 그리 어려운 게 아니에요. 이곳 밖에서 누군가 전원을 꺼버리면 이곳은 밤이 되죠. 자, 이제 밤이 되기 전에 그냥 나가세요.〉〈돌려주셔야 합니다.〉〈그렇담 이곳에서 저와 함께 사시겠

어요.〉 여자가 남자의 머릿결을 쓰다듬으며 그의 이
마에 입을 맞춘다. 〈저는 이곳이 맘에 들지 않아요.
나가야겠어요.〉 남자는 여자의 손에 들려있는 단어
를 낚아채며 여자를 밀쳐 버렸다. 그러곤 처음 이곳
에 들어왔던 길을 밟아 해변을 나서고 있다. 모래 위
에 쓰러진 여자가 걸어 나가는 남자의 뒤에 대고 외
쳤다.

〈제가 말했죠. 이곳에 온 모든 것들은 죽는다고.〉

점점 남자는 작아지면서 이상한 단어 형태로 변
하더니 모래 위에 쓰러져 버렸다. 여자가 손에 들어
올린 단어는 시인이었다. 여자는 단어를 품속에 넣
고 불이 꺼지는 어둠의 해변가를 하염없이 혼자 서
성였다.

해바라기

해바라기 아래 암고양이
구둣방 할아버지가 아가씨의 하이힐을 박는다
손등을 내리치는 멍청한 망치는 버려야 한다
암고양이가 훌쩍 담장을 뛰어넘어
무밭으로 사라진다 버려진 망치들이 무밭에 듬성
뽑혀있다
미니스커트의 아가씨
또각또각 빗속으로 사라진다
할아버지 해바라기를 공구함 속에 구겨 넣는다
야 옹 -

헬리콥터

아버지와 보리밭 이랑 거닐 때
눈이 큰 순한 잠자리
언젠간 그리울 거라고
눈물 가득,
그리운 소리를 끌며 강 건너는

헬리콥터

결혼

팔월의 이포강에 미루나무가 있다

강의 허리쯤에 투망을 걸고, 연인 둘은 세상에서 가장 못난 발을

물에 담갔다

"발가락 위로 얼굴이 비쳐요 떠밀려가지 못하고 발끝을 잡고 있어요"

강물 속에서 매미 소리가 튀어 올라오듯

일제히 쏟아져 내리는 그늘 아래

여자는 화장을 고치고 미루나무는 하늘로 머리를 말아 올렸다

빨간 매니큐어를 칠할 걸 그랬어요 오늘 같은 날은 드물거든요

당신도 제 얼굴을 보셔야 해요

남자는 차양 긴 모자를 벗으며 말한다

물고기들을 놀라게 해서는 안 되지

"어서 당신의 얼굴을 떠밀려 가게 내둬"

투망 속으로 따분한 일상이 먼저 걸려든다

서고의 여자

책을 보는 그녀는 책을 보는 그녀를 볼 수나 있을
까 책장이 한 장 한 장 넘어갈 때 그녀의 표정이 그
녀의 표정을 읽어낼 수가 있을까 글자들을 들이삼킨
그녀의 검은 눈동자는 점자 같은 그녀의 일생도 짚
어낼 수 있을까 그녀가 책을 덮을 때 얼마나 무수한
그녀가 책을 덮고 있었는지 책을 처음 펴는 그녀는
알고나 있을까, 그런 그녀가 저녁을 먹는다 자꾸 미
끄러지는 수저를 곧추들고 수많은 밤에 밥을 먹는다
배고픈 그녀가 배부른 그녀의 밥그릇을 빼앗아 들고
배고픈 그녀에게 밥을 먹인다 목차에도 없는 제목
을 촛불처럼 걸어두고 오늘만 이렇게 살자고 책들이
빼곡히 쌓인 방에서 과거의 그녀가 책을 읽고 젖가
슴이 팽팽한 그녀가 늦은 저녁을 먹는다 창문 밖에
는 눈발처럼 하얀 그녀의 맨발이 서성이다 불쑥, 얼
굴을 들이미는 살찐 그녀의 얼굴들은 기억이나 하고
있을까 오래전 그녀의 짓무른 두 눈을

종점

버스가 언덕을 내려간다
자루를 등에 지고 그가 올라온다
운전사는 껌을 씹고
불량하게 노래를 부른다
그는 자루에서 팔을 꺼내고
마른 북어 같은 얼굴을 집어낸다
백미러 속에서
운전사는 놀란 눈빛으로
사내의 뒤통수를 조심히 읽어낸다
손님이 둘 하나 다섯 내리고
버스는 언덕을 오른다
사내는 빈 자루를 들고
휘파람처럼 미끄러지듯 내려온다
운전사가 손을 들어
그를 안다고 큰 소리로 떠들어 댄다
백미러 속에서 사내가 웃는다
버스가 지나간 자리에
타이어 바퀴 자국처럼 지워지지 않는

사내의 그림자가 누워있다
운전사는 토큰 통을 들고
어둠 속으로 사라진다
언젠가 마을버스에 깔려 죽은 사내가
일 년 만에 운전기사를 보러 온 날이었다

모닥불

비 오는 집에
지붕도 없는 집에
찬별처럼
두 눈만 번뜩이는
절망이 웅크려 누운 집에
어린 병사는
구멍 뚫린 옆구리에서
콸콸 쏟아지는 추억을 어쩌지 못하고
비 오는 집에
흥건하게 젖어가는
시월의 밤에
모두들 떠나버린
엄마 없는 집에
비는 내리고
아득하게
몸을 뒤채이며
비는 내린다
병사의 벌어진 붉은 입속으로

견우화 牽牛花

새벽 나팔꽃이 필 때
사내는 붉은 담장에 사다리를 걸고
불의 씨앗 같은 별을 따러 하늘에 오른다
망치와 정을 두 손에 들고
부인이 싸준 도시락을 허리춤에 단단히 매고
송판을 자르는 목수의 노련함으로 사다리에 오른다
오르면 오를수록 더 멀어지는 젖은 아내의 얼굴
이내 별들마저 자취를 감춰버린 구름 속에서
사내는 손수건을 꺼내 자신의 맑은 이마를 닦는다
쇳물 같은 정오의 태양이 끓어오르고
또다시 저녁이 이슬처럼 찬 이마에 내리면
사내는 그때서야 사다리에서 내려온다
딸랑거리는 빈 도시락을 한 손에 들고
잘려진 송판같이 굳게 입을 다문 채
아내가 깔아둔 요 위에 아픈 짐승처럼 몸을 말고
잠이 든다
꿈을 뒤척일 때마다
사내가 따지 못한 불의 씨앗들이

나팔꽃 속에서 까만 얼굴의 아이처럼 뛰어논다
빈 사다리와 망치와 정이
담장 위에 버려져 있다
달력이 꽃잎처럼 한 장씩 떨어지고 있었다

계단이 긴 아파트

　이 층에서 내려온 여자가 말했다, 우린 저녁 식사를 하고 있었는데, 이 층에서 내려온 여자가 말했다 변기에 아이가 빠졌어요, 우리 집 아이는 이 층에 놀러 갔는데, 이 층에서 온 여자가 말했다, 변기 속에 아이의 머리가 끼여 빠지질 않아요, 우린 식탁에 앉아 목각인형들처럼 고개만 끄덕여 주었다, 이 층에서 내려온 여자가 말했다 잘못하면 아이가 정화조로 빠질지도 몰라요, 우린 걱정스레 서로를 쳐다보곤 다시 식사했다, 이 층에서 온 여자가 놀란 물 잔처럼 잠시 흔들렸다, 이 층에서 내려온 여자는 이 층으로 올라가 버렸다, 그날 밤 이 층 여자가 다시 내려왔다, 이봐요 삼 층 집 아이도 우리 집 변기에 빠졌어요, 우린 티브이를 보며 문을 닫아주면 고맙겠다고 말했다, 이 층에서 내려온 여자가 아이 때문에 화장실을 못 간다고 우리 집 화장실로 들어가 버렸다, 그때서야 우린 화를 내었다, 그럼 물을 내려서 아이를 정화조에 처넣어 버려요 그건 도와주겠소, 이 층에서 내려온 여자가 변기에 앉아 두루마리 화장지처럼

몸을 비비 틀며 말했다, 벌써 댁의 아이도 정화조에
처넣어 버렸는걸요

늦은 오후의 메뉴

이봐요, 접시를 치워주세요, 아니오, 접시 말입니다, 포크와 나이프는 그대로 두십시오, 아니오, 포크와 나이프 말입니다, 아직 식사는 끝나지 않았어요, 제 손이 보이지요, 희고 가느다란 손, 아니오, 이것이 항상 문제였단 말이지요, 잘라야 해요, 친구들은 모두 제 곁을 떠났죠, 이유 그런 건 살아가는 데 중요치 않아요, 떠나 버렸다는 것 그것이 중요하지요, 물 잔을 가져다주시겠소, 아니오, 빈 물 잔으로, 되도록 투명한 크리스털 잔으로, 그건 댁의 소관이 아닙니다, 제가 무얼하든 전 최선의 선택을 감행하는 거니까요, 아니오, 최대가 아니라 최선, 포크를 왼손으로 쥐어 잡고 나이프는 오른손에 들라고요, 그럼, 왼손을 잘라야겠군요, 오늘 아침은 행복했답니다, 꿈도 없었고, 꿀병 같은 잠이었죠, 저리 비키세요, 눈을 감아요, 그래요, 냄새는 어쩔 수 없지만, 눈을 감으면 귀가 열리죠, 아니오, 제발 감아요…… 잘 잘려지지 않는군요, 이 집에서의 모든 시도는 실패 아니면 낭패군요, 그러나 보세요, 저는 제 새끼손가락을

잘라버렸어요, 아니오, 모든 약속을 지워버렸다고
해두죠, 빨리 컵을 주세요, 아니오, 당신은 고통스러
워 할 필요가 없어요, 아니오, 내용은 형식에 담아
야 아름답죠, 그러니까 이건 전적으로 저의 문제란
말이죠, 걱정 말아요, 피는 피를 두려워하진 않아요,
자 받아요, 약속을 지운 자리엔 증오가 태양처럼 떠
올라요, 보세요, 어두운 추억 속에 불이 켜지지 않나
요, 이젠 뭔가를 다시 시작할 수 있을 것 같은데, 아
니오, 아닙니다, 가지세요, 당신은 제 손가락을 가지
시면 돼요, 전 이 피를 마셔야겠어요, 제발, 저는 다
시 시작하고 싶어요, 그러니까, 받으세요, 그래요, 저
의 마지막 약속은 당신과 한 거예요, 영원한 맹세죠,
아니오, 이젠 어쩔 수 없다는 거죠, 무얼 약속했냐고
요, 그런 질문은 하지 마세요, 당신은 그저 조금 미
친놈과 그럴싸한 약속을 했구나 하면 돼요, 그런데
당신은 왜 그토록 오랫동안 저를 시중들었죠, 아니
오, 당신이 날 사랑했다는 건 그 누구도 몰라요, 그
럼 이만, 나는 또 다른 식당으로 가야 해요, 아직 오

른손의 새끼손가락이 남았잖아요, 그럼요, 아직은
일러요, 포기하기엔 무언가 쓸쓸하잖아요, 아니오,
눈물이 있는 한 배고픔은 가시지 않죠

발소리

발소리가 107호 노인의 이름을 불러요, 그 집 유
리창으로
핏물이 번져요 늙는다는 건 아름답게 가야 한다
는 말이겠죠
그러니까 당신은 절대 상관하지 말아요
이번엔 발소리가 205호 남편의 이름을 불러요,
계단을 오를 때 밑에서
제 치마 속을 흘끔거리던 남자예요 이마에 쇠창
살 같은 상처 세 가닥이
움찔거리고 있었죠 그따윈 상대 말고
어서 불을 꺼요
한밤중인데 발소리가 303호 청년의 이름을 불러
요 무슨 죄를
저질렀나 봐요 저를 보면 괜히 손에 든 붉은 책을
뒤로 감췄거든요
신경 쓰지 말고 우리 하던 일이나 계속해요
또 저 발소리, 402호 부인의 이름을 불러요 미장
원에서

머리를 감겨주는 여잔데, 손님의 머리가 무슨 빨래판인 줄
안다니까요 당해도 싸요 여보 우린 그냥 잠이나 자자구요
발소리가 점점 크게 들려요, 옆집 508호 아이의 이름을 불러요,
놀이터에서 우리 애의 그네를 뺏어 타던 아이예요
찢어진 러닝으로 제 목을 조르려고 덤벼들었죠
녀석은 혼구멍 좀 나야 해요 그러니까
당신은 절대 상관 마세요
아파트마다 울부짖는 소리가 가득해요
시끄러워서 잠을 잘 수가 없네 이 아파트 사람들은 정말 교양이 없어요,
우리 식군 아직까지 무사한 걸 보니 이제 끝났나 봐요
오! 그 발소리예요 우리 집 문을 두드려요
귀를 막아요

누군가 신고를 해야 하는데, 불들을 모조리 꺼버
렸어요

무엇인가 잘못돼가고 있어요

그런데 내 얼굴이 왜 이렇게 늙어 버렸죠

여보 왜 잠만 주무시는 거예요 어서 잠에서 깨세요

오! 그 발소리예요

2부

시는 가리봉 오거리에 있다
노란 개나리꽃이
봄이 온 줄도 모르는 그곳에 시는 있다
이소룡과 성룡이 떡볶이집에서 우리들의 한숨을
기적으로 막 바꾸던 곳에 시는 있다
노란 개나리 꽃잎이 질 때쯤 누구는 공장을 떠나고
나는 누런 월급봉투를 받았다
브레이트도, 레닌도, 한 줄의 시도 없는 곳에
막막한 월급봉투에 찍힌
결근란처럼
시는 태연히 있다

피노키오 避老基悟

구둣방 할아버지가 나무로 피노키오를 만들었다
할아버지는 피노키오를 만들었는데 정작 나무는
만들지 못했다
어느 날 피노키오가 이런 질문을 한다면,
할아버지 저는 누가 만들었어요? / 내가 만들었지
제 몸은 왜 이렇게 비를 맞으면 젖나요?
나무로 만들었으니까 / 할아버지가 나무를 만들고
그다음에 저를 만들었나요? / 아니 나무는 집 밖
에 혼자
자라고 있었고 내 손은 너만을 만들었지 / 그럼
나는 나무도
모르고 할아버지도 모르는데 어떻게 내가 나를
알 수 있나요?
그야 너는 거짓말만 잘하면 된단다
뭐라고 말하면 되나요?
나는 피노키오다 나는 정말 피노키오다
할아버지의 코가 뾰족하게 자라기 시작했다

비켜 주십시오

여기 밥 먹는 자와 밥 먹지 않는 자와 밥 먹으려
하는 자가
식당 안에 있다
주인아줌마는 그들 중 누구를 더 좋아하는지
밥 먹는 자는 바라보지 않고, 밥 먹으려 하는 자
에겐 물 잔을
주고 밥 먹지 않으려 하는 자에겐 말을 걸고 있다
"총각 맛있는 국밥은 이천오백 원"
그때 나는 밥을 다 먹고 식당을 나서려고 하던 차
인데
아줌마는 나에게 무슨 말인가를 하려고 얼굴을
돌렸다
이제 밥 먹지 않던 이는 밥을 시키고
밥 먹던 이는 밥을 다 먹고
밥을 먹으려던 이는 밥을 먹고 있었다
나는 밥을 다 먹고 밥을 먹지 않으므로
주인아줌마는 나에게 말을 시키고 있다
밥 먹으려던 이에게 주던 물 잔을 밥 먹지 않던 이

에게서 빼앗아

이젠 밥 먹으려 하는 이가 된 이에게 건네준다

"총각 국밥은 이천오백 원"

식당의 문을 닫고 거리에 나섰을 때

사람들은 한 칸씩 앞으로 뒤로 밀리고 있었다

내가 지금 서 있는 간판 앞 이 자리엔

나에게 준비된 행동과 질문이 기다리고 있었다

"실례지만 식당으로 들어가게 길을 비켜 주십시

오"

식당 밖에서 식당 안으로 들어가는 이가 말했다

이젠 저 식당 안에는

밥 먹는 자와 밥 먹으려는 자와 밥 먹지 않는 자가

있고

밥을 다 먹은 자가 있다

아줌마는 아주 잠깐 밥 먹으려 자가 들던 물 잔을

빼앗아

이젠 밥 먹으려는 자에게 준다

"실례지만 식당으로 들어가게 길을 비켜 주십시

오"

늦은 저녁 나는 다시 그 식당에 들어간다

팬터마임

그림 속
의자가 몸서리를 치며
기침을 했다
사내의 궁둥이가 들썩거리고
이참에 잠시 일어나
나무들아 안녕 새들도 안녕
내 의자는 지금 아프단다
석양 아래 허수아비야
너도 안녕
사내는 엉거주춤 의자에
앉는다
의자가 다시 기침을 토했다
사내가 저만치
튕겨 나가고 그는 벌떡 일어나
나무들아 새들아 안녕
아침이 왔다 나무와 새들이 머리가 깨지고
바닥에 쓰러진
사내 곁에서 아저씨 안녕
그러나 사내는 미동도 없다

나무와 새와 허수아비가 사내를 묻어주고
그림 밖으로 걸어 나간다
의자가 혼자 남아있다
마스크처럼 그림 위에 흰 보자기가 덮여지고
국립미술관이여 안녕

발레리나

아버지도 죽였고
엄마도 죽였으니
이제 밝은 햇살 아래 나비처럼 춤을 추자

어제는 정말 미안했다고
나에게 키스를 퍼부어 주고
꿈속에서도 나를 미워하지 않겠다고
나에게 내 혀끝을 밀어 넣어주자

아버지도 죽였고
엄마도 죽였으니
이제는 박자를 놓치지 않고
가장 부드러운 토시처럼 공중으로 도약해 보자

두 발이 허공을 걸어
아주 먼 곳까지 나를 데려다주는 걸
어떻게 고마워해야 할지 그런 생각은 하지 말자
당신들의 죽음으로 나는 완벽한

춤을 추게 되었는데

이곳이 어딘지 모르게 되었더라도
눈물 흘리지 말자
내가 찾아야 하는 건 길이 아니라 리듬이니까

언니들처럼 조용하고 다정하게
나는 나하고만 얘기하자
슬퍼도
덧니처럼 웃자

그날 이후로

그날 너는 그 자리에 없었다
살인이 벌어졌었고, 눈물이 증오로 불타올랐다
너의 이름을 부르는 소리가
거울과 같은 우리들의 오랜 잠을 깨웠다 누군가
황급히 대문을
두드리는 소리가 들렸다
살인이 대낮에 벌어졌다
그들은 도륙 낸 내장을 질질 끌고 다니며
너의 이름을 불렀다
그러나 너는 그 자리에 없었다
너는 도대체 그날 어디에 있었던 것일까
나는 담장 아래 울고 있었다 한번도 들어본 적 없는
그들의 목소리가
나의 신발을 붉게 적시고 있었다 그들은 나의 이
름만 불렀다
나는 죽어라 하고 담장 아래 꽃들만 쳐다보았다
꽃들이 바람에 흔들렸다
그러나

나의 이름이 불려질 때마다 내 영혼 깊은 곳에서 문고리를 비트는

비명 소리가 들렸다

그날 나는 그렇게 귀를 틀어막아 버렸다

우리들은 너의 집으로 달려갔다

창문은 열려져 있었고 책들은 가지런히 책장에 꽂혀 있었다

너는 도대체 무엇을 이 방에서 이루려고 했던가

우리들 중 누군가 배신이라고 했다

그도 그날 죽었다

너의 이름을 부르며 그의 혀는 시청 앞 광장에 버려졌다

나는 도망가고 있었다 뛰면 뛸수록 내 그림자는

나를 쫓아왔다 내 머릿속에는 담장 밑에 꽃 생각뿐이었다

네가 오지 않았으므로 그들의 살인은 쉽게 잊혀져 버렸다

나는 다시 그곳에 갔다 이번엔 내 그림자가 내 앞

에서 달렸다
　　담장 아래 꽃들은 자취 없이 사라져 버렸고
　　바람은 더 이상 불지 않았다 너희들은 그곳에서
　　나를 발견했다 그리고 물었다
　　너는 그날 어디에 있었나
　　그날 나는 내 자신과 처음으로 같이 있었다 바로
　　너희들의 더운 목숨이 지던 날

괘종시계

한 사내가 지나간다
아침 점심 저녁 없이 잠도 없이
구두 뒤축이 다 헐도록 뚜벅뚜벅
분침처럼 초침처럼
제 그림자를 키웠다 줄였다
사내는 절대
미소를 짓지 않는다
한눈도 팔지 않는다
물론 인사도 없다 그의 손을 잡아 본 사람들은
귀머거리가 되거나 맹인이 되었다
오늘도 사내는
걸어간다
제 몸보다 더 큰 가방을 둘러메고
공터를 한 바퀴 돌고
골목골목 제 이름을 새겨 넣고
가야 할 이유는 몰라도
가야 할 길은 안다는 듯이 뚜벅뚜벅
알고나 있을까

저 큰 가방 속에 벌거벗은 아이가

불알 두 쪽을 출렁거리며 사내의 뒤를 따라간다
는 것을

항아리

주말 오후,
아내는 항아리를 닦고
그는 한참을 중얼거리며 항아리 속으로 들어가버
린다
그의 주머니 속에는 어젯밤에 주운 별과 버려진
들판과
아내의 피리가 들어 있다
아내는 어서 나오라고 소리치지만
그는 결심한 듯 잔뜩 허리를 웅크린다
마을 사람들이 하나둘씩 모여 짧은 혀를 차며
항아리를 땅속에 묻는다
여보 제발 나와요 늦지 않았다고 아내는 발을
동동 구른다
이윽고 땅이 파헤쳐지고
그는 묻혔다
그에게 항아리 속은 좁고도 넓어
아이처럼 주머니 속 들판을 달리며 피리를 불고
별을 뿌린다

그는 모든 것들을 쉽게 잊어버린다
지워야 할 얼굴과 수세미처럼 엉켜있던 일상의 날들
마지막 아내의 목소리마저도
한참을 달렸다
문득 땅 위의 마을 사람들이 모두 돌아간 뒤
짧은 혀로 떠들던 소문만이 남는다
그가 분장을 원했다는구만
사내는 불현듯 혼자 남는다
들판의 염소마냥 길게 울어도 보지만
아내의 얼굴은 기억에 없다
머리를 세차게 흔들며 그는
들판의 끝으로 걸어 들어간다
별과 피리마저 버리고
들판의 끝에서
그는 목을 맨다
벌겋게 그의 얼굴이 부풀어 오르고
몇 가닥 머리칼이 비명을 질러댄다
주말 오후

아내는 또 항아리를 닦는다

소묘

어부는 판자에 못을 박고 대패로 세월을 민다

울퉁불퉁 비포장도로,
피서객들이 바다에 간다

어부의 뒷덜미를
정오의 태양이 대못 같은 햇살을 내리박고 있다

대팻밥처럼 돌돌 젖은 모래에 몸을 말고 있는 사
람들

"텅"하니 튕긴 먹줄 위로
쭉 그려진 수평선과 맞닿은 하늘
쓰윽쓱 통째로 잘려나간다

누군가의 벌린 입으로
어부의 작은 배가 출항한다

어떤 편지

귀먼 아버지는 집을 짓고
눈먼 어머니는 밥을 짓고
아들은 바다로 나갔다
어느 날 편지가 왔다

"이곳은 불행한 곳입니다
짐을 부쳐 주세요, 밤마다 눈이 내리고
낯선 등대의 불빛 아래
오늘은 바람을 덮고 잠들어야 합니다"

우편을 실은 배가 달린다
소포 속에
어머니
그리고 먼 창밖엔 파도처럼 우는 아버지

구구단을 외자

구구단은 그렇게 외우는 게 아니야 누가 너보고
꽃이 아름답다고 했니 꽃에게 침 뱉지 말라고 누가
가르쳐주던 구구단은 그렇게 외우는 게 아니야
별들의 고향은 냄새나는 마구간이야
소라의 귀는 한쪽 콧구멍만 커다란 땅꾼이야
사랑하는 사람들은 악마의 발바닥이나 핥으라고 해
그래도 매미가 여름에 운다고 생각하니
겨울엔 눈이 내리고 떠나갔던 연들은 수평선에 걸
려있고
애가 정말 안 되겠구나 당장 동화책을 불태워 버려
구구단은 그렇게 외우는 게 아니야
아버지가 엄마를 낳았어 그러니까 때리는 거야
기차를 세우는 방법은 표를 찢어발기면 돼
용기는 빈 주전자처럼 쉽게 달아오르고 식어버려
비굴하게 웃으면 아무도 너를 보고 비웃지 않아
그러니까 구구단은 그렇게 외워서는 안 돼
하나님이 교회에 계신 건 배고프기 때문이야
그러니까 목사에게 무엇도 구걸하지 마 그분도 사

시는 데

　벅차고 힘드신 분이야

　나무를 심으면 산불이 안 나니 달이 뜨면 아침이
안 오니

　무엇 하나 제대로 아는 게 없구나

　애가 정말 안 되겠네 구구단은 그렇게 외우는 게
아니야

　앞으론 냉장고 속에서 얼음을 얼리는 잔인한 짓
하지 마

　네 가슴속에다 불을 지피는 게 너는 좋으니

　오늘부턴 구구단을 이렇게 외워

　이 땅에서 살인자는 구원을 얻는다

　그들에게 허리를 굽혀 인사를 하면 존경을 받는다

　이웃집과 담장은 높을수록 좋다

　아침에 그들과 싸우고 저녁에 그 집에 불을 지른다

　악마의 이마에 키스를 하고 너의 영혼을 줘버린다

　그러면 그 누구도 너를 사랑하지 않을 거야

　사랑받지 못한 너는 구구단에 더 이상 신경 쓰지

않아도 돼

　네 멋대로 외우고 결론만 얘기하자고 그래

　구구는 팔십일

봄밤

달빛은 찔레꽃 위로 걸어간다
하얀 꽃, 마을엔
염소만 있다 마당에도 공터에도
바람은 긴 수염을 끌고 오랜 폐허 위에 눕는다
두 짝 신발이 나뒹군다 어기적 걸어간다 달빛,
찔레 눈 찔러 밟으며
캄캄하도록 쓸쓸한 마을엔
내일이면
봄이 진다

여린 속살에
무르팍 같은 옹이 밴다

물의 환

환한 봄날의 강가에 있었네.
꽃 그림자들이 물위에 만발하여 비쳤네.
이곳에 죽기 위하여 온 이는 나 말고는 없었으니, 비애는
나비의 날개처럼 사뿐히 내 숨을 거둬갈 수도 있을 거네.
나는 죽을 방법으로 칼 같은 살의를 뾰족이 갈아왔으나
강물은 피로 물들이기에는 너무 맑고 차가웠네.
더럽힐 수 없는 거울 속이었네.
누군가는 그 거울을 또 보아야 하기에 나는 내 목을
손으로 졸라 보았네.
삶을 더듬던 손가락들이 더운 급소를 두려워하듯
그렇게 봄날 환한 햇살은
슬금슬금 물 밖으로 걸어 나가고 있었네.
꽃들도 한 무더기씩 툴툴 털고 일어나 물위를 천천히 미끄러져

자리를 옮기고 있었네.

아! 그때 나는 죽음을 추하게 맞이하고 싶지 않았으니,

축복을 꿈꾸었을까. 어느 곳에서나 축복받고자 하는 이들에겐

기적이 이루어지네.

나는 물속에 손을 넣어 꽃 그림자들을 걷어 올렸네.

그것으로 내 생애 최후이자 최초의 기적을 행할 것인데,

이미 꽃들은 둥근 환이 되었네.

속이 빈 밧줄이 되어 내 목을 감고 있었네. 이제 저녁의 군대가

시끄럽게 몰려오고 있었네.

나는 패잔병이 아니므로 그들과 상관없었으나

물의 꽃들이 시들기 시작했네.

나, 지상에서 마지막 별들을 보고자 하였으나 그럴 수 없다는 걸

순간 깨달았네.

밧줄을 목에 걸고 발목보다 좀 더 높은 돌멩이 위
에 섰네.

그리고 나는 모든 소리들이

눈을 감는 것을

또렷이 보았네.

3부

화분 속의 태양은

갈증을 느끼지 않는다

꽃이 말라비틀어진 곳에 우리들의 의문은 꽃을
피운다

당신이 있기 때문에

나는 밝다 당신이 있기 때문에 우리들은 어둡다

그러나 태양은

저녁이 오면 생이 두려워하는 곳으로 사라진다

어둠이 오기 전에

화분은

가장 아름답다

저녁노을 속에 새가 날듯

어처구니

뛴다
녀석의 눈 속에 토끼가 뛴다
토끼 눈 속에 들판이 뛴다
뛴다
장총을 꼬나 멘 포수가 녀석의 뒤를 따르고 있다
셋이서 한꺼번에 뛴다
짧은 왼발 뒤엔
긴 오른발이 젓가락질처럼 내뻗는다
오리 인형 같은 뭉툭한 그림자가 뛴다
말 없는 토끼와 말 많은 녀석과
또, 털모자의 헐떡임이
숲을 빠져나가고
들을 가로질러
다다랐다, 강은 깊고 후회는 시푸르다
토끼가 녀석을 보고
녀석이 포수를 한순간 보았다
모두 같이 보았다
장총이 겨누었던 건 토끼인가 녀석인가

녀석이 달렸던 건 토끼를 잡으려 했던가
아님 포수를 피해 달아났던가
그럼 토끼는 누구 때문에 뛰었는가
그래도 뛴다
분노가 토끼를 잡을 때까지만
빨간 눈의 토끼야! 너는 살아야 한다

텅 빈 정오

공을 굴리던 아이가 사라지고 없다

공은 혼자 굴러가고 있다
어디로 구르는지 공은 초조하다
이번엔 언덕이 가파르게 미끄러진다
놀란 아이가 골목에서 뛰쳐나온다
이미 늦었다
공이 불쑥 둥근 허리춤에서 손을 꺼내 들곤
제 몸을 사뿐히 띄워 앉는다
둥실 허공중에 멈춰있다
아이가 발돋움하자

태양이 거대한 비명을 지르며 다시 구른다

소년들

해가 진다
소년들은 발가벗은 채 자신들의 자지를
빨아대었다

울면서
천천히
알고 싶은 것들이 새까맣게 사라지도록 소년들은
별이 뜨고 바람이 지는
들판에 쭈그려 앉아 자신들의 자지를 빨아대었다

할 수 있다면 영희도 같이 빨았으면 좋겠다고
누군가 실없이
웃었지만 영희는 안 올 것이다

천천히
울면서
한 개의 자지가 두 개가 되고 두 개가 네 개가 되
고 네 개가 열 개가 되도록

침을 질질 흘리며 발가락을 오물거리며
똥을 싸대며
빨았다
불었다

그렇게 소년들은 자신의 입속으로 모든 것들을 다
집어넣어 버렸다

북에서 온 긴 코털의 사내

그가 가방의 주둥이를 열고 태양을 집어넣는다
여름날 꿀벌처럼 끓어오르던 태양은 가방의 귀퉁
이만 살짝 태웠다
옥수수수염 같은 긴 코털을 나부끼며
그는 사거리를 지나 황급히 북쪽으로 달아나고 있다
그 뒤로 마을은 식은 탄 덩이처럼 고요해진다
사람들은 서로의 어깨를 부딪히며 골목을 걸어
다닌다
나는 촛불을 켜 들고 광장을 거닐면서
생선 가시처럼 버려진 흰 정오의
시간을 본 적이 있는데
텅 빈 하늘엔
몇 개의 탄피 같은 새들이 어디론가
총성처럼 날아가고 있었다
나는 어느 오래전 사진 속의 가방을 열어
얼음처럼 식은 태양을 꺼내놓는다
허공에서 자꾸만 미끄러지는 태양을
사람들은 안타까이 지붕 위에 올라서도 보고 베

란다에 기대어 서서도 본다
   다시 정오는 거울처럼 투명하게 소란스러워진다
   몇 개의 호외가 가볍게 광장 위를 날고
   총성은 차츰 멀어져간다
   긴 코털의 사내는 훔친 태양을 식은 난로 속에 넣
는다
   그 앞에서 헤벌쭉 웃는
   꽁꽁 언 그의 긴 코털이 알맞게 그슬려지고 있다

코의 발견

　B창고의 서랍 속에서 꺼냈죠. 문화국에선 아직 몰라요. 설마 이게 거기에 들어 있을 줄은 꿈에도 몰랐을 겁니다. 없던 일로 덮어두는 게 좋을 듯합니다. 코가 없는 수인복의 남자는 목에 밧줄을 감고 있었다. 그의 혀는 한 자쯤 입 밖으로 나와 있었고 눈은 부릅뜬 채였다. 그게 직원의 잘못은 아니죠. 단지 저는 사실을 밝히고 싶었던 겁니다. 죽고 나니까 죽어서라도 뭔가 해야 하지 않을까 싶어 B창고로 가 보았죠. 담배를 물어 핀 남자의 하관이 빠르게 좌우로 움직였다. 역시 그도 코가 없다. 그런데 하필 왜 접니까? 전 그 일과는 전혀 무관하고 알고 싶지도 않은데요. 수인복의 남자는 밧줄을 목에서 느슨하게 풀어 헤쳤다. 밧줄로 목을 조이니까 혀가 자꾸 밖으로 나와요. 제 눈 좀 보세요. 우스꽝스럽죠. 아니요, 그런 건 상관없어요. 단지 난 이 일에 말려들고 싶지 않는다는 겁니다. 그가 조심스럽게 자신의 목울대에 손을 가져다 대었다. 당신도 눈이 있다면 이걸 보십시오. 이건 상당히 가치가 있는 일입니다. 그것 때문에

제가 죽기까지 했지만. 이제 수인복의 남자는 목에서 밧줄을 완전히 풀었다. 작은 코 남자가 두려움에 찬 목소리로 황급히 수인복의 남자에게 말한다. 그 밧줄 그냥 목에다 감고 계시지요. 그게 서로 간에 편할 것 같은데요. 당신은 어떨지 모르겠지만 전 영 갑갑해놔서 우선 이 물건이나 받아 두세요. 그리고 이건 관리국의 주소입니다. 찾아가주시겠죠. 그냥 전달만 해주세요. 영 내키지 않으시면 소포로 부쳐주세요. 남자는 잠시 망설인다. 이거 참 난감한 일이군요. 전 오늘 다만 재수 없게 당직에 걸렸을 뿐인데. 누구나 인생에 있어 항상 재수가 좋을 수는 없죠. 수인복의 남자는 남자의 얼굴에 물건을 싼 보자기를 들이댔다. 제가 살펴보지 않아도 됩니까? 아니요. 보지 않는 게 좋을 듯싶군요. 대체 무슨 물건인지는 알고 심부름을 하더라도 하지요. 남자가 짜증스럽게 물건을 손에 받았다. 정 그러시다면 보자기를 풀어보세요. 수인복의 남자는 밧줄을 두 손에 감고 남자 뒤로 갔다. 왜 이러십니까? 제 뒤에 뭐가 있습니까?

남자가 자세를 고쳐 앉으며 다소 거북스럽게 미소를 지었다. 별일 아닙니다. 어서 보자기를 풀어보세요. 수인복 남자의 그림자가 두 손을 높이 쳐드는 것이 작은 코 남자의 책상 위에 비친다. 남자는 순간 자신의 목덜미에 시원한 바람이 스치고 지나가는 것을 느끼나 몸을 꼼짝할 수가 없다. 왜 이러시는 겁니까? 저는 이 일과 아무 상관이 없다구요. 남자는 애원하다시피 흐느낀다. 수인복 남자가 조용히 문을 열고 밖으로 나간다. 꼭 좀 부탁합니다. 마지막 말이 문틈에 잘리고 만다. 남자는 그제서야 안도의 한숨을 쉬고 주위를 둘러본다. 그리고 보자기를 풀어본다. 보자기엔 놀랍게도 코가 싸여 있었다. 큰 코는 오래된 정부처럼 덤덤하게 남자를 본다. 도대체 이게 뭐란 말이야? 당황한 남자는 코와 보자기를 쓰레기통에 집어던지고 열쇠 꾸러미를 찾아들곤 문을 열고 나간다. 그러나 남자의 몸뚱이는 움직이지 않고 책상 앞에 앉아 있다. 그것을 알아챈 남자의 얼굴이 허공에서 비명을 지르며 떨어져 바닥에 산산이 부서진다.

문밖에서 수인복의 남자가 조용히 들어와 책상 앞에 앉아 있는 코 없는 남자의 얼굴에 코를 붙여주며 말한다. 분명 이 물건은 이곳에 있었던 게 맞아.

서양식 동화

꽃나무 아래
북 치는 소년과 일곱 마리 양 떼가 있다
북소리에 맞춰 꽃들이 가볍게 바람을 탄다
양 떼들은 어딘가로 향해 메~엠 울어댄다
깊은 밤 소년은 북을 치고
꽃은 떨어지고 양 떼는 울어댄다
저기 검은 외투의 미치광이 붉은 머리의 아버지가
온다
어둠을 등지고 탄 보리빵 같은 손을 들어
소년의 따귀를 올려붙인다
"아직도 중요한 게 뭔지 모르겠니"
북을 빼앗아 일곱 마리 양 떼를 몰고
주정뱅이의 마을로 내려간다
"미치광이 붉은 머리 아버지가 싫어"
소년은 양 떼의 꼬리를 잡고
질질 언덕을 끌려 내려간다 잠깐
마을에 환하게 불이 일었다 사그라든다
꽃나무 위로

봄밤의 안개가 습자지처럼 덮인다

돌은 죽는다

붉은벽돌집엔내어린아버지가있다 – 붉은벽돌집
은양초처럼어둠속에서있다단발머리의빨간레이스
의치마가그앞을검은그림자를드리우고황급히지나간
다 – 내어린아버지는수백만번을죽었고수만번다시
살았다그때마다거대한바퀴가쉬지않고그의두눈속
에서돌았다잠시눈을감는순간소리만이귀의귓전에
서더무겁고세차게돌았다그리고아버지가한여자의자
궁속에서다시살아난날내아버지의아버지는정원에
돌을심었다그돌은어느날아침그집대문앞에놓여져있
었다밤새내린비를맞고돌은깊게젖어있었다내어린아
버지의아버지는그돌을잠시쳐다보곤처음과마지막의
말처럼이렇게말했다정원을찾는돌의목소리가내집정
원에서들렸다그목소리는종소리처럼은은하게정원의
오랜잠을깨웠다정원에옮겨진돌은말없이자신의두발
을흙속에묻었다또그아버지는불현듯확고하게이렇게
말했다모든돌은죽는다그말과함께기적처럼돌은돌
을낳고죽었다그날밤하늘을길게가르며눈물같은별이
졌다그러한날들이계속되었다내어린아버지는돌이돌

을낳고죽는것을창문을열고아주맑은가을날아침에
보았다정말돌은죽었다그러나돌은돌을낳고죽었으
므로또살았다순간어린내아버지에게세계는보고견
디어야할대상이아니라만져서읽어야하는예민한점자
책이되어버렸다보이지않는것을보고들리지않는것을
듣는그오랜고통의시간이시작되었다내어린아버지의
아버지는정원한편에서면도를하고있었다그의아버지
는돌들이고통스럽게죽어가는것을자귀나무에걸린
거울을통해보았다그옆엔오래된우물이있었다우물
속맑은물속에서도그의아버지는면도를하고있었다
우물에비친그의얼굴은수겁을산사람처럼어지럽게주
름져있었다그러나그아버지의면도는느긋하였고가끔
씩턱주변에서핏물이번져나왔다그러한일상의일은계
속되었다어린내아버지는자랐다돌은점점정원에쌓여
갔다그러나내어린아버지의아버지는그어떤죽은돌도
치우지않았다돌들의비명소리가어느날부터인가정원
에서들려왔다아버지저비명소리가들리지않는가요내
어린아버지가말하면그아버지는내아버지의두귀를털

장갑같은두손으로힘껏막아주었다그어떤소리도듣지
말아라그아버지는죽은돌들이썩어가는모습과새로
태어난돌들이그옆에서또돌을낳고죽어가는모습을
말없이들여다볼뿐이었다돌들의비명소리는점점더
크게들렸다내어린아버지는참지못하고그아버지에게
소리쳤다아버지저돌들의비명소리가귀를막아도제
게들려요미칠것같아요아버지제발그러나그의아버지
는어떤소리도듣지못한듯얼굴가득흰거품을발라대
었다자귀나무가지아래걸린거울은바람한점없는데스
스로흔들렸다내아버지의아버지는무엇인가거울을
통해골똘히생각에잠겼다그러곤최초의돌을정원에서
찾아내었다그돌은이미썩을대로썩어있었다더이상악
취도풍기지않았고속이텅빈푸대처럼쭈글쭈글해져있
었다그아버지는돌을어깨에메고대문을나섰다창문
뒤에서귀를막고울고있는내어린아버지를향해그아버
지는이렇게말했다너는돌의비명소리를들었다그러나
돌이무얼말하는지는듣지못했다내어린아버지는돌
의비명만들었을뿐이다그의아버지는새벽이되어서야

돌아왔다자귀나무는새벽안개에제몸통을검게그슬리고있었다그의아버지는또다시면도를하기시작했다그면도는너무도진지하고엄숙하여그땐그어떤소리도바람도정원을지나가지못했다그러곤내어린아버지의아버지도그날돌처럼죽었다길고음울한비명소리가정원을가로질렀다사라져버렸다거울속에서그의얼굴도완전히사라져버렸다그의아버지의시체는죽은돌들과함께정원에버려졌다그뒤로내어린아버지는방안에만계셨다아무도그의집을찾아오지않았다그의죽은아버지는반듯하게정원에누워썩어갔다정원엔새들도구름도꽃도피지않았다마치돌의무덤같은세월이쓸고가는붉은벽돌집에내어린아버지만남았다그리고내아버지는자랐다우물속같은검고습한방안에서그는울지도웃지도않았다그러나정원에는돌이돌을낳고돌이죽고있었다돌은정원가득히쌓였다돌들이현관문안까지밀려들었다죽은돌들이썩는냄새가났다살아있는돌들이현관문을다급히두드리는소리도났다이젠젊은아버지는현관문을더굳게잠갔다그러곤신발장의신

발들을가지런히정리하였다이곳에서견디겠다는의지
가보였다정원을향해난창문가득돌들이쌓였다죽은
돌들의몸을딛고살아있는돌이방안의내아버지를들
여다보고있었다아버지는창문에넓적한보자기를둘
렀다이젠그나마비추던햇빛도들어오지못했다내아버
지의죽은아버지는달빛아래흰뼈로만남았다아버지
무엇을저에게보여주시려고하는건가요?그뒤로내아
버지는밤에도잠을잘수가없었다죽은아버지의목소
리가들렸다모든살아있는것들은죽는다죽는것들도
끝없이죽는다나를이거대한바퀴의회전속에서끄집어
내다오내아버지는솜을말아귀를틀어막았다그러나
목소리는우물에떨어지는돌의소리처럼내아버지의정
수리를깨고들려왔다코피가흘렀다그러한날들은계
속되었다방안에서내아버지가죽은아버지의목소리
와싸울때정원의돌들은죽고다시태어나기를반복했
다돌이죽을때돌들은흐느껴울고돌이태어날때돌들
은축포처럼웃어제꼈다그리고돌들은무엇인가밤낮
으로떠들어대고있었다이윽고현관문이부서지는소리

가들리고돌들은마루로쏟아져들어왔다그와중에도
돌은돌을낳고죽었다아버지는부서지려는안방의문
을몸으로밀며버티고있었다아버지는도대체돌이죽는
다는것과돌이돌을낳는다는것을새삼믿을수없어했
다왜나에게이런일들이일어나는가내아버지는단호한
질문처럼어금니에힘을주었다그러나그분노로도얼마
견디지못했다돌들은안방문까지부수고아버지의발
아래쌓였다아버지는무릎을꿇고흐느꼈다그순간정
원으로난창문이부서지고돌들이쏟아져들어왔다햇
빛도방안의어둠을지우며들어왔다아버지는돌들에
싸였다죽은돌들에선인간이견디기힘든악취가났다
또새로태어난돌들은갓난아이처럼울어제꼈다그러
나내아버지의귀는언제부터인가멀어있었다내아버지
는숨을최대한멈추고그의아버지가최초의돌을정원
에옮겨놓았을때를생각해보았다그돌은그의아버지의
마음에들었다한다그의아버지는그돌을정원에옮겨놓
으며그돌에게이름을지어주었다그돌은마치그의아버
지의아버지같은느낌이들었으므로그런느낌이어디에

서오는지그는알지못했지만그돌에게그아버지의이름을지어주었다그아버지의아버지는오래전집을나갔다이따금먼이국의광산에서편지가왔다그편지에는이렇게쓰여있었다돌을깨면돌이아닌돌이나온다그돌은어떠한시간속에서도영원하다나는그돌을찾기위해이곳에왔다그돌은돌의오랜시간이만든상처다상처는단단하고아름답다그돌은지상의최초의빛속에서꽃으로피어난다그리고그돌은나에게말한다나를그대의정원에심어라그리고그돌의또다른목소리가들린다그목소리는매일밤나의꿈속에까지쫓아와들린다나에겐오직그목소리만들린다그목소리로하여모든소리는사라져버렸다그리고끝내그의아버지는광도속에서사라져버리고말았다돌에묻혀죽은그의아버지돌의꽃에묻혀죽은그의아버지의아버지가편지에쓴돌의또다른목소리가무엇인지모든것을체념한내아버지에게그것은이젠단한가지꼭알고싶은것으로만남았다그것은최초의돌이어디서온것인가에대한궁금증과같은것이었다내아버지는돌들을헤치고장롱을열어그오

래된편지를찾아보았다광산에서마지막그의아버지에
게온편지에는이렇게쓰여있었다돌들은나에게이렇게
말했다꽃이죽듯모든돌들은죽는다이단한줄의글은
그의아버가한말과같았다내아버지는점점돌들속에
묻혔다 – 나는오래전어머니와함께도망쳐나온붉은
벽돌집의문을두드린다내아버지의목소리가나를이곳
으로불렀다매일밤내아버지의목소리는이명처럼내귓
속에들렸다돌은돌을낳고죽는다정원은버려져있었
고정원한편에오래된우물이돌들로메꿔져있었다바람
이한가닥어둠을하얗게그으며사라졌다나는오랫동
안그우물을들여다보았다고개를들었을때그위로수
많은별들이거대바퀴처럼우물을중심으로서서서히
돌아가며마치꽃처럼피어났다나는정원에나의아버지
의아버지가최초에심어놓은돌처럼그렇게서있었다그
런나의모습을말라죽은자귀나무가지아래걸려있는거
울을통해나의뒤를따라온어머니가조용히들여다보
고있었다

고래

　그날 밤 책갈피에 얼굴을 묻고 눈을 감았을 때,

　나는 어느새 항구의 저녁 거리를 거닐고 있지 않
는가.

　드문드문 비가 선창 위로 내리고 나는 갈매기보다
낮게 휘파람을

　불어본다.

　이곳에서 기다리는 것은 미덕이다. 미덕을 배우기
까지

　많은 것들을 보내야 한다. 나는

　청춘의 반을 덧없이 보내고

　바다의 눈썹 같은 방파제 위에 서 있다.

　어서 오라! 나는 기다린 만큼 기다리다

　안개와 바람에 묻혀 이 항구를 떠도는 무서운 이
름이 될 것이다.

　누구도 지워보지 못한 그리움이 될 것이다.

상자

　의자가 있다 버려진 의자가 복도 끝 비스듬히 햇
살 진 창문 아래 있다 한 다리는 부러져 있고 등받이
는 칼로 그은 듯 사선으로 뜯어져 있다 터져버린 양
수처럼 흰 솜뭉치들이 함부로 삐져나와 있다 길을
잘못 든 바람이 수다스럽게 그 앞을 지나간다 무심
한 오후가 맞은편 복도 끝에서부터 폈던 붉은 돗자
리를 걷는다 부러진 다리가 아프다 나머지 세 다리
가 아프다 복도를 비추는 형광등이 파랗게 떨고 있
다 넥타이를 풀어헤치고 그만그만한 사내들이 누런
상자를 져나른다 굽은 어깨 위로 높이 올려졌던 상
자가 툭, 의자 위로 떨어진다 기우뚱 사내의 그림자
가 모로 쓰러지고, 버려진 의자의 검은 시간도 모로
쓰러진다 더 이상 다리로 버티는 세월은 부질없다
사내는 담배를 물어 핀다 철문은 닫히고 의자와 사
내는 한동안 서로를 바라본다 풀어진 넥타이가 바
닥에 뒹군다 길게 사이렌이 울린다 터진 박스 속에
마네킹의 다리 부러져 있다

그날 흰 피가 흘렀던가

불 꺼

날이 밝았다
어서 일어나라 이 밥도둑놈 같은 녀석들아
나팔소리는 폼으로 부는 줄 아느냐
게으른 암말 같은 녀석들, 달뜬 궁둥이를 내려까
고 태양의 화인을
찍어주마
이름을 대라
더 큰 소리로, 줄을 맞춰 행군이다
입을 벌려 빵을 하나씩 물려주마
어느 녀석이 투덜거리는 거냐 저 녀석에게 신발 밑
창을
물려줘라 본때를 보여야 조직의 뼈대가 선다
왼발에 복창한다
세상은 변했다
기계에 기름을 쳐라 머리에만 잔뜩 기름을 처발라
대지 말고
신성한 노동에 기름을 쳐라 달콤한 혀만 놀리지
말고 이 공장의

태엽을 감아라

굴뚝 위로 검은 연기를 피워 올려라

새떼들처럼 아침은 낮게 날아보는 거다 정오의 비
상을 위해

굶주린 배를 용수철처럼 단단히 움켜잡아라

이미 튕겨나간 놈들은 굴뚝 속에 던져 버려라

나약한 놈들

오른발에 복창한다

세상은 변했다

고로 너희들이 맞을 채찍도 화려하게 변했다 맞으
면서

고마워해라 감격한대도 더 이상 홍당무는

지급하지 않는다

너희는 서로의 손가락을 빨아라 이것은 홍당무라
고 너희 자신을

먼저 속여라 손가락을

씹어먹는 돼지 같은 놈들은 부품훼손죄로 고발하
겠다

채찍 소리에 복창한다

너희들마저 변하면

누가 세상을 변화시키냐, 어서 정강이가 부러지도록 힘을

끌어올려라, 시계를 돌려라 초침을 거꾸로 돌려라

화덕 속의 불꽃처럼 공장은 아름다워지고 있다

이 밥도둑놈 같은 녀석들아

봐라 너희들이 죽어야 세상이 돌아가는 것이다

행군 간에 복창한다

세상은 변했다 자신을 먼저 속이고 가족을 속여라

아내의 젖가슴을 주무르면서도

공장의 태엽을 감는 환희에 젖어라

일동취침

불 꺼

예민해지는 관습

발이 여섯 개인 게가 발이 두 개인 게를 만난다.
그들은 저편 해안선 끝에서부터 해가 질 때까지
옆으로 걸어와 운명처럼 잠시 석양 아래 멈춰 선다.
건빵 같은 네모난 등 위로 담장 안을 엿보듯 동그란
눈이 바삐 움직이고 그들은 서로의 다리를 세어보며
자신의 모자란 다리와 불필요한 다리를 부끄러워
한다.
한참 동안을 서로의 주위를 빙빙 돌며 신神을 저
주할 때
순간, 태양이 바다 속으로 비명처럼 쓰러져간다.
돌연 그들은 깨닫는다.

− 그 누구도 앞으로 걷지 못한다.

위풍당당

여자가 거대하게 부푼 바람의 성기를
두 손으로 꼭 움켜쥐고 끌려가고 있다
땅바닥에 질질 끌려가면서도
쓰러지는 여자는 기어이 오늘을 넘기지 않겠다고
악다구니를 쓴다 바람도 더 이상은
어쩌지 못하겠다고 막다른 담벼락에 갇혀 울부짖
고 있다
싸움은 그 정도에서 끝났어야 했는데
여자의 남자가 골목 끝으로 뛰어오고 있다
반쯤 벗겨진 바지는 추스르지도 않고
머리는 얻어맞은 자명종처럼 헝클어져 있다 바람
이 도대체
뭘 어쨌다고 그래 남자가 여자의
허리를 부여잡고 끌어내리려고 하고 있다
집집마다 창문으로 소문을 밥 짓는 연기처럼 날
려 보내고 있다
바람은 남자에게 안타까운 시선을 보내고
여자는 이제 그만 실성한 듯하다

치마가 뒤집어지고 터진 블라우스의 틈으로
여자의 젖가슴이 할딱거린다
바람의 성기가 부풀다 이내 터져버린다
구경꾼들이 우르르 몰려왔다가
좌르르 쓰러진다 그러나 여자들만 쓰러진다
남자가 여자를 등에 들쳐 업고 골목을 빠져나간
다
아이들은 제 어미들을 찾아 동네를 굶주린 도둑
고양이들처럼
어슬렁거린다
저기 바람이 축 늘어진 성기를 바닥에 질질 끌고
위풍당당
그러나
황급히 동네를 빠져나가고 있다
오랜만에 여자의 웃음소리가 들린다

그리고 무엇인가

노인이 말뚝을 박고 있다

처음 이 말뚝은 노인의 키보다 다섯 곱은 높았다
고 한다

지금은 노인의 얼굴에 말뚝은 멈춰 있다

파내어진 흙만 해도 반듯한 무덤 하나는 만들고
있다

무덤 위에서 아이들이 뛰어논다

아이들을 쫓지 않는 것은 그 노인이 눈이 멀어서
이다

드디어 말뚝이 노인의 정강이쯤에 멈춰 있다

노인은 그 위에 올라선다

염소를 말뚝에 묶지 않는 건 오래전 염소를 잃어
버렸기 때문이다

허공에서 밧줄이 하나 내려온다

부인의 손에 처음 끼워주었던 둥근 반지가 달처럼
머리에 떴다

노인이 밧줄에 목을 감는 건

삶이 고달팠기 때문이 아니다, 노인이 할 수 있는

일이란 말뚝을 단단히 박고 목을 매는 일일 뿐
　말뚝처럼 단단한
　죽음이 밧줄 속에 노인을 집어넣고 있다
　그리고 무엇인가

　노인이 걸어온 시간보다 아주 느리고 급하게 흘러
갔다

그믐밤

칼이 먼저 바람을 베고 바람이 칼을 잠시 무디게
만들었다
무딘 칼이 목을 베었기 때문에 아픈 것이다
아픈 뒤에 그가 죽은 것이다 죽음이 자신을 지나
간 칼을
구원처럼 바라본다 이젠 삶 속에 갇혀 있던 죽
음이
달걀 속 병아리처럼 껍질 밖으로 나온 것이다
정말 칼은 칼이 된 것이다 이렇듯 모든 것이
새롭게 태어났으니 누구도 죄지은 것 없다 다만,
바람만이 골목 한 귀퉁이에서 피를 흘리며 상처
를 비집고
나오는 비명의 주둥이를 틀어막고 있다 그 옆
갓 태어난 죽음이 차갑게 식은 사내의
노란 얼굴을 더듬는다 그러나 사내는 꿈쩍 않는다
눈먼 장님처럼 칼이 빙그르 한 바퀴 돌며
또 무언가를 찾는다 겨울 밤하늘이 황급히 달을
숨긴다

어둠이 겁 없이 그 골목 안으로 걸어 들어온다

4부

계집아이들이 철 지난 신문지를 말아 들고

거울을 닦는데

뽀드득

뽀드득

그 소리 자꾸 듣고 있잖니

한여름인데도

함박눈이 내려 쌓인 거울 속을 누군가 하얀 맨발로

걸어가고 있다

뽀드득

뽀드득

그 소리를 오랫동안 듣고 있잖니

어느덧,

계집아이들도 하얗게 눈이 쌓인 거울 속으로 사라

져 버리고

"내 시는 가장 아름다운 흰색이야……"

말했던 내가 생각나는

저녁이다

봄밤의 흐름

처음을 이렇게 시작해 보면 어떨까
한 여자아이가 풍금을 치고 있고
달빛이 창턱 위에 내려앉는다
이때 삐그덕 문이 열리고
수위가 들어오는 것이다
그리고 이쯤에서 나는 이렇게 쓰는 것이다

　너무 아름다운 소리는 경계를 무너뜨린다

다시 한번 상황을 영상적으로 처리해 보자
풍금은 적당히 낡았고 여자는 머리가 길다
맨발로 페달을 밟고 있고
2학년 3반의 명패가 조용히 흔들린다
노란 달빛이 창턱 위에 먼지처럼 내려앉는다
　수위는 음악에 취한 듯 휘청거리며 복도를 가로질러
온다
　여자의 손가락은 리드미컬하게 건반 위를 밟고 다
닌다

문이 두 번에 걸쳐 열리고

수위는 플래시를 비춰들고 나는 이렇게 쓴다

모든 소리는 경계의 안과 밖을 조율한다

수위와 여자를 한 공간 속에 가둔다

그다음엔 이렇게 시작된다 여자가 놀란 듯 풍금에서

일어서고

수위는 플래시를 떨어뜨린다

깨진 플래시 불빛들이 사방으로 굴러다니고

바지춤의 열쇠가 찰그락 비명을 지른다

여자는 창문을 벌컥 열고 수위가 잡을 새도 없이 뛰

어내린다

배경은 봄밤으로 하는 것이 좋을 것 같다

여자가 떨어지는 것을 벚꽃으로 은유한다

이번엔 수위가 풍금 위에 앉아 건반을 친다

풍금은 소리를 뱉지 않는다

더 세게 건반을 두드리는 수위 등 너머로 초승달이

은장도처럼 빛난다

　그러곤 끝을 이렇게 맺는 것이다

　모든 경계가 무너지고 공간은 텅 빈다 소리도 없다

　수위가 티브이를 끄고 곤한 잠에 빠져들며

　그건 연속극 속의 악몽일 뿐이야 잠꼬대처럼 중얼거
린다

　나의 글 속에서는

　일제히 교실마다에서 풍금 소리가 울려 퍼지고

　달빛 아래 여자아이들의 맨발이 흐드러지게 떨어지
고 있다

　수위는 절대 나의 글을 믿지 않으므로

　잠에서 깨지 않는다

전화

벨이 울리자 한 사내가 밖으로 나갔다

그가 나가면서 말했다 나는 돌아온다

그러나 그의 빈자리를 문밖에 있던 다른 사내가 와 앉았다

벨이 또 울렸다

이번엔 여자가 밖으로 나가면서 말했다

누군가 내 자리에 앉을 것이라는 걸 알아요

그렇지만 그 자린 내 자리였다는 걸 아셔야 할 거예요

밖에 서 있던 다른 여자가 들어와 그 자리에 앉았다

여자는 가방 속에서 책을 꺼내곤 생각 없다는 듯 하품을 했다

벨이 다시 울렸다

이번엔 내가 밖으로 나갈 차례였다

나는 마지막으로 그 방을 한번 빙 둘러보았다

사람들은 서로 등을 돌린 채 각자 자기 이름을 중얼거리고 있었다

내 자리엔 처음 밖으로 나갔던 사내가 들어와 앉

았다

사내는 자기가 앉았던 자리의 사내를 쏘아보곤 계
면쩍게 웃었다

벨이 울렸다

이번엔 노인이 일어나 나가려고 했다

그러나 그는 너무나 늙고 나약해 자리에 주저앉고
말았다

벨이 다급하게 울렸다

노인은 끓는 주전자처럼 얼굴이 발갛게 달아올랐다

밖에 있던 노인이 참지 못하고 안을 향해 소리쳤다

빌어먹을 늙은이! 내 자리에서 빨리 나오지 못하
고 뭐해

노인이 엉금엉금 기어서 밖으로 나가자

밖에 있던 노인이 들것에 실려 들어왔다 그 순간
에도

노인은 주위를 둘러보곤 말했다

"누가 뭐래도 이 자리는 내 자리야"

그리고 그는 알을 품는 새처럼 제 몸을 동그랗게

말고 깊은 잠에
　들었다
　벨은 또 울렸다

오리

오리는
물속에 얼굴을 묻고, 머리를 세차게 저어본다
잊어야 한다고 오늘은 잊겠다고
노랑 코를 들어
물속 다시 떠오르는 먼 산을 헤저어 본다
결코 흔들리지 않겠노라고
그러나,
오리는 이번이 마지막이라고 개울을 차고, 날아오
른다

오리의 자리는 어느새 푸른 물 그늘로 메꿔진다
무엇으로든 빈 곳은 채워진다
상처가 클수록 그렇다 흉터가 그렇다
그대의 마음이 걸린다
오리는
그 뭉툭한 주둥이를 앙다물고
어디로 날아가고 싶었던 걸까
물속에서 쉼 없이 놀려대던 갈퀴의 발이
단 한 순간의 비상으로

보라! 저 쓸쓸하고 붉은 발을

오리는
석양이 내린 들길을 뒤뚱이며 간다
고개를 끄덕이며,
많은 생각이
그대를 뒤뚱이게 하던 날이 있었다
퍼덕일 날개도 없이 주둥이만 뭉툭해지던
날들이 있었다
오리는 살며시 꼬리를 털어본다
벌써 모든 것을 잊었다고

그러나
그대의 마음은 붉고 쓸쓸하다

가뭄

블록 뒤편에서 목공은 걸어 나온다
노란 채송화 여럿 화단에 발을 담그고 있다
"아프지 말아라 아가야"
둥근 나이테 같은 귀에 몽당연필을 끼고 있다
먹줄을 들어 목수,
하늘 위로 뚝하니 튕겨본다
정오의 태양이 대못 같은 햇살을 내리박고
그려진 먹줄 가득
찬별들이 쭉 하니 참새처럼 앉아 있다
채송화 웃는다

톱을 들어 쓰윽쓰윽
알맞게 잘려나간다
땡 볕

돼지저금통

   산이 미끄러진 곳에 집들이 옹기종기 쭉 미끄러
진 다

   마을버스가 털털 걸어 오른다 장바구니는 가볍게
미소는

   잃지 말고 산에도 번지 있는 가족이 있다 키 잘 크
는 해바라기

   있다 하늘만 보는 아이들도 있다

   그러나 기어이 오늘만 미끄러진다 사람들은 내려
왔다고 말하지만

   다시 오르지 못한다면 마을버스는 굴러떨어질 것
이다

   장바구니가 가볍게 날아오른다

   툭 깨지는 돼지 아줌마

   하나,

   둘,

말에 대한 짧은 유감

　다섯 마리 말이 달린다 열 개의 콧구멍을 벌렁거리며 지퍼가 열린 커다란 지갑처럼 입술을 덜렁거리며 다섯 마리 말이 달린다 두 번째 말이 앞으로 나서자 네 번째 말이 죽어라 하고 세 번째 말 뒤에서 달린다 다섯 번째 말이 달리면서 주둥이로 첫 번째 말의 엉덩이를 들이받자 첫 번째 말이 쏜살같이 두 번째 말을 추월한다 열 개의 눈동자로 스무 개의 다리를 훔쳐보며 내 다리가 어떤 다린지 순간 까먹기도 하고 허공중에 헛발을 구른다 말은 왜 달리나 말은 어디로 달려가나 그들은 그 이유 때문에 달린다 말갈기 같은 바람이 하얀 입김을 귀 뒤로 잡아당긴다 귀 뒤에 잠깐 머물던 입김이 뒷말의 콧구멍 속으로 빨려 들어간다 들숨과 날숨을 놓친 말들이 고통스럽게 비명을 질러댄다 그래도 말은 달린다 말굽 같은 달이 벌판 위에 뜰 쯤 두 번째 말이 쓰러지고 다섯 번째 말이 땅 위에 고개를 처박는다 이젠 그만 달리자 세 번째 말이 안타까운 시선을 첫 번째 말에게 던진다 그러나 쓰러지는 말은 네 번째 말이다 두

말이 달린다 그중 한 말은 울면서 달린다 누군가 멈
춰야 한다 첫 번째 말이 세 번째 말의 다리를 자기
다리로 착각하고 순간 다리가 엉킨다 말들이 엉킨다
말들이 쓰러진다 어두운 밤하늘 별들이 주먹을 꼭
쥐고 말들을 응원하는 소리가 개울물처럼 출출거린
다 말들이 쓰러져 있다 멀리서 검은 외투의 사내가
기다란 갈고리를 끌고 걸어와 말들의 대가리를 찍어
끌고 간다 아직 숨이 붙은 놈들은 느낌표 같은 해머
로 더운 숨을 으깨 놓는다 다섯 마리 말들이 그렇게
트럭에 실려 간다 붉은 냉동창고 안에 가죽이 벗겨
진 말들이 매달려 있다 굵은 수숫대 같은 다리들이
한 곳에 잘려 쌓여 있다 가죽 장화 같은 대가리들은
사이좋게 서로 기대고 있다 사내가 피어 물던 담배
를 말의 궁둥이에 지져 끈다 왜 말들은 달렸나 말들
은 어디로 달려가려 했던가 그 이유 때문에 달렸으
나 말들은 매번 침묵 같은 냉동창고에 갇혀 알지 못
하는 사내와 함께 먼 어둠 속으로 사라진다

서로 관계없는 두 편의 시와 지속되는 시간

어느 해 오월,

그녀가 꽃무늬 블라우스를 입고 병원에 입원했을 때

라디오에서는 하루 종일 긴급 수혈을 조성했다

훗날 조성은 조장이라 따끔한 주사를 맞았지만

그녀는 파인애플처럼 길쭉한 얼굴에 몇 가닥의 머리칼을

틀어 올리고 암 병동에서 일기를 썼다 그건 반정부적인 발언이에요

정확히 메스를 대듯 수정돼야 해요 나는 그녀의 병실 앞에서

고개를 좌우로 또는 맥박측정기처럼 불안하게 눈알을 굴려보았지

문고리는 좌로 돌리고 문은 우로 밀듯이

우리는 타협점을 찾을 수도 있을 거예요 단지

꽃무늬 블라우스가 맘에 걸리지만 말이에요

그러나 그녀는 웃지도 울지도 않고

수술대 위에서

드라이플라워처럼 시들어갔다

이럴 때 노사는 공동체라고 그녀의 눈과 심장은
장기 병원으로

긴급 이송되고 그녀의 흰 뼛가루는

남한강에 곱게 뿌려지고 있었다 그래요 추모곡은
필요 없어요

단지 주둥이만 물 밖으로 내미는 물고기만 좋은
일 난 거 아니에요

토실토실 살찐 잉어 한 마리

지금 어느 무정부주의자의 밥상에서

찢기고 발리고 또 다른 생명으로 수혈되고 있다

그리고 그녀의 마지막 일기장엔

5월 20일 날씨 맑음 기분 쾌청

*

그녀가 한 알 남은 계란을

팔팔 끓는 라면 속에 넣는다
남자는 5부 능선의 상고머리를 끄덕거리며
비틀즈의 렛잇비와 돌아오지 않는 조용필을 생각
한다
왜냐고! 부산항은 파도가 깊고도 조용해
그렇지 깊고 유장한 글을 써야지 조용필을 돌아
오게 하고
라면발을 부드럽게 고대하고
뻘건 국물에 그녀의 눈물 한 방울
조미료로 타서 홀홀 마시면
언젠가 남지나해를 가랑잎처럼 떠서
돛도 없이 순풍도 없이 검은 얼굴 흰 이빨로
활짝 웃으며 입항해야지
만국의 깃발을 선수에서 선미까지 펄럭이며
100미터를 1초 앞당기자고 1년을
맨땅만 쉼 없이 발길질했던 그런 우울했던 투혼
으로
그녀가 오늘 마지막 남은 한 알의

둥그런 믿음을 남자의 일용한 양식에 팍
풀어줬듯이
상고머리 남자는 거울을 보며
5부 능선을 밀고 8부 능선까지
밀어 올리고 있었다
끓어오르던 사이다의 고통이
병뚜껑을 밀어낼 수 있느냐 없느냐는
비틀어 쥔 손에 달린 거 아니야
왜냐고! 비틀즈가 부산 자갈치시장 리어카에서
아직도 새우젓 같은 짠 목소리로 렛잇비를 외친다
나 어쨌다나

원하는 것과 상관없는

평생 게처럼 곁눈질이나 힐끔거리시라니까요,

그렇게 계집애들 뒤꽁무니나 쫓아다니다가

매독이나 임질에 걸려 병원 문턱에서 객사나 하시
라니까요

이 모든 것은 부인 때문이라고 얼치기 의사의 바
짓가랑이를 붙잡고

통사정해보시라니까요

나는 방을 뛰쳐나오고 말았다

그것도 좋은 일이다 이 정도 욕을 먹고 못한다면
병신이다

나는 가게에서 맥주를 외상으로 시켜먹고

지나가는 어린 계집애들의 늘씬한 다리를 안주
삼아 구경했다

그것도 못한다면 정말 나는 집에 들어앉아 콩이
나 까야 한다

나는 우선 계획을 세워보기로 했다 주머니 속을
뒤져 알고 있는

계집애에게 전화를 걸었다

서울을 떠나려고 하는데 같이 갈래?

어머 선생님 직장은 어떻게 하고요

그만둘 생각이야 계집애는 라면 국물을 먹고 있
는지 잠시

후룩 소리를 내고 말이 없다 무엇인가 내 속에서
심하게

뒤틀리고 있었다

전 요즘 시험 기간이라서 안 되겠는데요

부르튼 면발 같은 계집애의 파마머리가 그려졌다

그렇담 다음에 보지, 그래요 그럼, 계집애는 또 라
면 국물을

마시고 있나 보다

그 짓도 못한다면 나는 정말 병신이다

나는 말없이 집으로 향했다

대문 앞에 서서 문짝에 붙은 내 이름 석자를 바라
보았다

이건 문패가 아니라 숫제 비석이구만 내가 이렇게

중얼거리고 있자 부인의 깔깔거리는 웃음소리가
집 안에서 들려왔다
저 여자는 도대체 나를 어떻게 생각하고 그런 말
을 함부로
내뱉았던 것일까 그렇게 자신이 있는 것일까
나는 내 문패를 떼어 주머니 속에 넣었다
그리고 잠잘 때까지 품속에 넣고 있었다 부인이
몸을
뒤척이면서 팩 쏘아댔다
왜 하시라니까 자신이 없어요
나는 그만 참지 못하고 명패로 부인의 주둥이를
꿍꿍 찧어 놓았다
나는 내 이름 석자를 걸고
일주일이 흘렀다
붕대로 얼굴을 잔뜩 싸맨 부인이 창문을 열고 어
디서
날아왔는지 대가리에 털이 잔뜩 빠진 비둘기에게
모이를

주고 있었다, 한동안

그 모습이 평화롭고 아름다워 우두커니 바라보고 있자니

또 계집 생각이 났다 그래 오늘쯤은 시험이 끝났을 거야

나는 공중전화가 있는 구멍가게로 뛰어갔다

계집애가 전화 저편에서 깐죽거리며 말한다

어머 선생님 아직도 서울을 떠나시지 못했나 봐요

나는 의기소침해져서 거짓말을 하고 말았다

여긴 지방이야 어때 이리로 내려오지 않겠어?

계집애는 잠시 망설이더니 그때 아마 화장실에 있어나 보다 변기에

물 내리는 소리가 들렸다

어떡하지요, 아직 시험이 끝나지 않아서 나는 전화통을

있는 힘껏 주먹으로 내려치고 소리를 질렀다

도대체 무슨 시험이 그리 길어 이 쌍년아

그러나 전화는 끊어졌다

정말 그 짓도 못한다면 나는 병신이다 다시 집으
로 돌아오는 길에

대문에 다시 걸어 논 내 이름 석자를 쳐다보았다

집 안에서 부인의 깔깔거리는 웃음소리가 마치

냄비에 잔뜩 담은 물 끓는 소리처럼 들렸다

순간 내 검은 문패가 책상 위에 떡하니 놓여진다

시험지를 기다리는 꼴이었다

못생기고 키가 짧달막한 시험 감독관들이 이빨을

이쑤시개로 힘껏 찔러대며

어두운 복도 저편에서 걸어오고 있었다 나는 그
간 외워두었던

문제들이 머릿속에서 뒤죽박죽 얽히는 소리를

들으며 서서히 오줌이 마려오기 시작했다

시험은 언제쯤 끝날까?

악하지 않은 악몽

그 동물은 사람을 절대 물지 않는다

그렇게 큰 동물을 사람들은 괴물이라고 불러야
하지만
그 누구도 이 동물이 존재하는지를 모른다 쩍 벌
린 아가리 속으로
황포 돛을 단 구름들이 한가로이 떠다닌다

별도 뜨고 바람도 비를 쓸고 지나간다 그런 날은
불타는 시뻘건 목젖을 볼 수 없어도 거대한 하품
소리는
생생히 들을 수 있다

사람을 제 입속에 담고도 태연한 이 동물은
지루하고 기나긴 날들을 제 혓바닥을 날름거리며
보낸다

이 동물은 아이들을 무척 좋아해서

아이들은 그 입속에서 하루 종일 뛰어다니며 웃
는다
그것으로 이 동물은 자신의 삶을 견디는 것이다

동물의 입속 저 아득한 곳에서 이마에 상처가 번
뜩이는
사람들이 어느 날 문득
젖은 장화를 신고 강마을을 찾아온다

우는 아녀자가 있는가 하면 강마을은 온통 대밭
처럼 술렁거린다
돼지를 삶고 더운 내장은 이 동물의 입속에 던진다
밤을 지새우고 사람들은 마른 옷으로 갈아입고
다시 동물의 입속으로 떠난다

아녀자들은 운다
이 동물이 입을 닫는 날은 죽었다 깨도 오지 않을
테니

울지 말라고 말하고 싶지만

이 동물은 신의 소관이므로
나는 그저 강마을을 심심하게 배회할 뿐이다

공무도하

자주달개비 꽃을 가리키던 너의 손끝에서
반쯤 지워진 흰 매니큐어를 보았다
달을 밀어 올리고 있는 마디 굵은 주름도 보였다

살짝 벌어진 조갑지만 한 미소를 누구에게 배웠는
지

내 가슴 어딘가를 깊게 찔렀다 나온 너의 손끝을
조용히 달개비 꽃 대신 바라보았다
우린,
귀신이 될 수도 없는 나이에
낫질이 함부로 베고 간 잡풀들 속에 두 발을 묻고
자주달개비 꽃이 무더기로 피워낸 자줏빛 비명을
오랫동안 귀에 담고자 하였다
그러나
상처를 안으로 들이는 것들은 소리가 없었다
강의 몸이 물을 담고 스스로 깊어가듯

그날 강을 건너지 못한 산그늘을
우린 길게 뒤로 껴안고 있었다

항구

버스가 지나간 자리에
소리와 매연이 잠시 머물렀다 사라진다

항구에 한 그루 있는 꽃나무는 그해 꽃들을 다 버
리고
이파리로 남은 계절을 견딘다
그래도 문제없다는 듯
제 그림자마저 바닥에 떨어뜨린 채
무심한 듯 한들한들 수평선 너머로 사라지는 버
스의 꽁무니를 바라본다

꽃나무의 뿌리가
움켜쥐고 있을 바다를 이곳에선 바다라 부르지
않는다

버스가 사라지자 수평선 저 끝에서부터
바람이 먹구름을 끌고 달려온다
먼 방파제 위로 빗방울이 튀어 오른다

검은 물감을 풀어놓듯
온통 캄캄해지는 이른 저녁의 항구,
기다렸다는 듯
꽃나무는 바람을 잡아타려
무거운 머리를 세차게 흔들어 본다
굵지 않은 몸통마저 휘어질 것 같다

언젠가 무심하듯 보이던 것들의 욕망을
본 적이 있다 게워지지 않는 푸른 멍들을
제 가슴에 담고 오직 한순간 허옇게 뒤집어지는,

저기!
천둥이 지나간 자리마다
놀랍도록 허연 꽃나무의 얼굴

이곳에선
꽃나무가 버린 꽃잎을 다 모아 바다라 부른다

몫

그는 아주 간단하게 사람들을 속인다
제법 심각한 듯 입술을 꼭 다물고
가늘게 찢어진 눈을 이리저리 굴려보다
"얏"하는 기합 소리와 함께
오색의 꽃들과 비둘기를 모자 속에서 꺼내 보이는
것이다
그러곤 순식간에
보자기를 둘렀다 치우면
비둘기는 사라지고 꽃들은 몇 장의 손수건이 되는
것이다
사람들은 입을 동그랗게 오무리며 박수를 친다
그럼,
그는 볼록 튀어나온 배를 살짝 받쳐 들고
한쪽 다리를 왼 다리 뒤편으로 쭉 미끄러트리곤
우아하게 인사를 한다
그가 무대 위에서 위대한 마술사가 될 동안
다음 출연 순서인
상자곽 속 몸뚱이가 삼등분될 벙어리 소녀는

칼이 살짝 베고 지나간 전날의 상처를
근심 어린 눈으로 바라보는 것이다
물론,
사라진 비둘기와 꽃들은 소품 담당에 의해
또 다른 모자 속으로 급히 구겨 넣어진다
그러나 위대한 마술사는 오늘 밤에도
이들에게
손발이 맞지 않은 실수를 문책할 것이고
매번 그랬듯
백동전 한 닢과 몇 알의 콩알만 적선하듯 던져주는
것이다
그는 위대한 마술사였고
사람들은 환호한다
얼마나 민첩하게 그의 손짓에 사라지고
몸뚱이를 삼등분시켜야 하는 것은
구구대며 말하는 소녀와 비둘기의 몫이다

상황

　사내는 신발을 벗고 양말을 벗는다 웃옷을 벗고
　쌍방울표 메리야스를 벗는다 먼저 양팔이 나오고 머
리가 메리야스의
　목에 걸린다 메리야스와 사내는 잠시 실랑이를 벌인
다 스판의
　메리야스는 사내의 머리를 꼭 물고 놓지 않는다 왼
손이
　신경질적으로 메리야스의 목덜미를 낚아챈다 메리
야스는
　사내의 둥근 코를 사정없이 위로 제쳐 버린다 사내
의 오른발이
　중심을 잃고 느낌표처럼 곧은 척추가 질문도 없이
휘청
　구부려져 버린다 이윽고 사내는 벌렁 나자빠진다
　그래도 메리야스는 사내의 머리통을 놓지 않는다 사
내는 가쁜 숨을
　몰아쉬며 양손으로 메리야스의 목을 메기의 입처럼
쭉 찢어 놓는다

메리야스의 목이 옆으로 벌려지자 앞뒤로 목이 좁아진다 이제 사내는

메리야스를 다시 입으려 한다 그러나 메리야스는 사내의 머리를

꼭 물고 놓지 않는다 사내는 방바닥을 더듬어 가위를 찾는다

손에 들려진 가위로 사내는 메리야스의 목을 자른다 잘려진 메리야스는

사내의 머리를 그제야 풀어 놓는다 이제, 메리야스는 더 이상

내복이 아니다 내복이 아닌 메리야스가 사내의 머릿속에서

안전한 옷 벗기에 대해 교수처럼 물음을 던진다 사내는

그날 밤 알몸이 왜 부끄러운지를 알았다

배드민턴 치는 남자

사내는 이것만은 자신 있다는 듯,
시큰둥하게 때론 오만하게
공원 복판을 가로질러 포물선으로 떨어지는,
닭 꽁지 같은 깃털의 하얀 백구를
톡, 톡, 받아친다
평일 한낮 참 따분하다는 듯이
세상일이란 이렇듯 생각 없이 받아쳐도
그에겐 하등 문제 될 게 없다는 듯이
공도 안 보고 아니 힐끔 들키지 않게 보고
제발 멀리 가라 가서 오지 말아라는 듯이
세계도 후려쳐 본다
두 발은 되도록 움직이지 않게
팔과 허리만을 이용해서 공을 친다
아! 세상일이란 그에겐 너무도 뻔해
읽고 낡아버린 잡지 같다는 듯이,
사내는 이것만은 자신 있다는 듯, 상대야 어떻든
친 공이 다시 올 때까지 아니 그 짧은 순간에
봄날 꽃핀 나무도 보고

벤치의 연인들도 보고 소풍 나온 아이들도 본다
보라는 듯이 봐야 한다는 듯이
공원 모든 사람들이 자신을 본다는 듯이
적당한 기교도 잘 섞어서 공을 친다
라켓이 부러지지 않는 이상
친 공이 돌아오는 이상
자신 있다는 듯이
그래도 할 일은 진짜 따로 있다는 듯이
빨리 끝내고 가봐야 한다는 듯이
그러나 종일 치고 또 친다

절대 사절

신문이 일주일째 쌓인다
턱에 몇 가닥의 수염이 오자처럼 돋은
배달원이 여자의 집으로 들어간다
달이 떨어졌다
씨방같이 둥근 가로등이 깜박 꺼진 뒤,
새벽이 깨지는 소리가 멀리까지 들렸다
나팔꽃이 엷은 신음을 토한다
여자의 벌어진 가느다란 입술 위로
붉고 뭉툭하게 립스틱이 지나간다
신문이 일주일째 쌓였다,
담장마다
올라타는 어린 나팔꽃

자전거가 황급히 골목을 빠져나갈 때쯤
구겨진 안개가 휴지통에 던져진다
"절대 사절"

봄날은 간다

여자는 붉은 루즈에 무릎치마를 입었다
미련스레 큰 가슴을 가졌다
간유리 앞 의자에 앉아 있다 두 다리를 쩍 벌리고
왼 다리를 떤다 공원의 연인들을 쳐다본다
껌을 딱딱 씹었다 풍선을 만든다
풍선이 둥글게 부풀었다 터지는 순간만 떠는 다리를
멈춘다
누군가 화려한 봄날은 갔다 말했다
조금은 미안해 그냥 끄덕여도 줬다
차들이 이따금씩 지나가고, 손님은 들지 않는다
곰곰이 생각해보면
그녀의 인생엔 차림표가 없었다 물론,
선택할 수도 없었다 어느 날 떡하니 나온 것이다
둥글게 부풀었다 맥없이 터지는
풍선이 붉은 루즈를 지워 먹고 있다
세 평 식당은 그녀의 등 뒤에 있다
무능한 남편처럼 잔뜩 그늘져 있다
뽀글뽀글 말아 올린 파마머리 뒤로

"소주도 팝니다"
갈겨쓴 색지가 간유리에 붙어 있다
그녀는 이미 졸기 시작한다
떨던 다리도 멈추고,
면발처럼 부르튼 세월이 빈 쟁반 위에
올라 있다. 팔리지 않는 국수가 소쿠리째 식어간다
여자가 벌떡 일어난다

손님은 들지 않는다

북어

북어의 정신은 한세상 기가 막혀 쪽마루에 걸터앉아 쩍 벌리고 있는 멍청한 주둥이다 아니, 부릅뜰수록 검은 잿가루 날리는 이미 침침해진 눈깔이다 그 눈깔 속에 증오로 뒤채이던 젊은 날의 날쌘 혓바닥이다 뱉어지지 않던 말들은 없던 말들이거나 없어진 말들이라고 허파 속 불덩이만 들쑤시던 막장의 침묵이다 북어의 정신은 한 점 두 점 떨어지는 눈발이나 하염없이 세다, 사흘에 한 번씩 두들겨 패는 어쩌지 못한 가난한 아비의 손이다 삼십 촉 아래 언 손들이 수저를 들고 그 수저들이 국그릇 속에 함께 담그는 김 나는 절망이다 눈물을 먹고 자면 푸석푸석 살비듬 떨어지듯 찬별 떨어진 슬레이트 지붕이다 그 정신이 산을 밀고 나무를 박고 갱을 뚫은 그러나 지하가 따뜻한 무덤인 강원도 탄부의 자그마한 콧구멍이다 어느 날 진폐 가득한 가느다란 숨결을 볼에 문, 깡마른 아구턱이다

오늘도 북어는 잔뜩 취하고 쓰러진 자의 아침을 기다린다

부르주아 도시

우물 속에서 지하 인간이 걸어 나왔다 그는 오랜 포
로 생활로
허리가 굽어 있었다 맑고 쾌청한 날들을 버리고 지
하 인간은
비가 내리는 밤에 우물 속에서 걸어 나왔다 아무도
그에게
지하 생활을 물어보지 않았다 그러자 그가 허리를
펴고
초조하게 떠벌리기 시작했다

/비가…밤이었…우물속…어처구니…빠져버린거…
지상의…인간들이
…그곳에…포로생활…그러던…작업끝…감옥…가던
길이었…우물속…
길을잃어…난재수좋게탈출한꼴이된거죠/

우리들에겐 그런 건 중요하지 않았다
우물 속에 감옥이 있다는 것도 그가 물고기가 아니라

사람이라는 것도 단지 그가 놀랍게도

우물 속에서 걸어 나왔으므로 이젠 아무도 우물물
을 먹지 않는다

그것이 우리들에겐 더욱 놀랍고 증오스러운 일이었
다 불온한

우물은 돌로 메꾸어지고 지하 인간은

더욱 견고한 지상의 감옥에 갇혔다 감히 우리들의

신선한 우물물을 더럽혀 놓다니, 어느 맑고 쾌청한

날에 지상의 부르주아 도시의 가장 비밀스러운 일이

그 우물과 함께 영원히 묻혔다

방황하는 겨울 북극곰을 닮은 시인에 대하여

김남중(동화작가)

시를 읽으면 시인이 궁금하다. 그 눈이 무엇을 보기에 일상의 언어를 미끼로 순간의 빛을 낚아채는지 경외와 동경이 뒤따른다.

어쩌다가 글을 쓰며 살게 되어 가끔 시인들을 만나게 되는데 알면 알수록 더 미궁에 빠지는 게 그쪽 세계인 것 같다. 스쳐보기에는 옆집 사람인데 그 속에서 나온 언어는 영원과 찰나를, 우주와 세포를 거침없이 오가기 때문이다.

'작품과 작가의 관계를 어떻게 봐야 할까?'라는 질문은 개인적 삶과 작품의 일치에 대한 의문이다. 완벽한 사람은 없지만 완벽한 작품은 있다고 믿으면서도 어딘가는 부족할 인간이 결점 없는 작품을 써낼 수 있는 문학의 모순은 경이롭기까지 하다. '작품은 작가 자신이 아니다. 그가 가고 싶은 곳을 향해 몸부림친 흔적일 뿐이다.'라는 결론을 오래전에 내렸지만 어떤 시를 보면 마음이 떨린다. 이런 시를 써낼 수 있는 시인에 대한 궁금증을 참을 수 없다.

그리하여 시인을 개인적으로 안다는 것은 순수한 몰입에 방해가 될 때가 있다. 시를 읽다보면 시인이 슬그머니 머리맡에서 내려다보는 느낌이다.

최치언 시인의 새 시집 『북에서 온 긴 코털의 사내』를 첫 독자로 읽는 영광을 누리는 동안은 다행히 시인이 멀찍이 기다려주었다. 이처럼 찬찬히 시를 읽는 여유는 오랜만이었다. 시집 한 권과 술 한 병을 가지고 외딴 방에 들어가 문을 닫는 게 가장 편안한 휴식이었는데 언젠가부터 새로운 시를 읽지 못하게 되었다. 독자로서 변명하자면 어느 때부터 시가 무척 어려워졌다는 느낌이다. 흐름을 따라가지 못한 게 으름일까, 변화의 속도를 강요한 분위기일까, 몇 대 몇의 과실인지 보험사가 판정이라도 내려주면 좋겠는데 어느 사이에 새로운 시들과 멀어져 첫사랑의 미련처럼 자꾸 옛 시 주위만 맴돌게 되니 서글플 뿐이다.

고백하자면 뒤처진 독자인 내게는 최치언 시인의 시에서 문학적 의미를 찾아낼 역량이 없고 무리해 그러고 싶지도 않다. 독자의 권리로 느낄 수 있는 만큼만 행복하고 싶다. 그가 앞서 낸 시집들과 흐름을 같이 하면서도 전과 달리 부드러운 속을 살짝 내보여준 『북에서 온 긴 코털의 사내』가 준 반가움과 즐

거움도 따로 부연하지는 않겠다. 시보다 시인에 대한 이야기라면 말할 수 있겠다 싶어 용기를 낸 참이다.

강원도 산골짜기에서 최치언 시인을 처음 만나 12년이 지났다. 전업 작가가 되겠다며 회사에 사표를 던진 신참 동화작가에게 원주의 토지문화관은 첫 출발을 축하해주는 연회장 같았다. 흠모했던 작가들과 한솥밥을 먹고 오솔길을 걷고 밤이면 별 아래 술을 마셨다. 체력만큼은 자신 있던 삼십대여서 잠자는 시간도 아껴가며 마시고 썼는데 문득 좀처럼 얼굴을 비추지 않는 남자 작가가 눈에 띄었다. 겉모습으로 사람을 평가하지 말아야 한다고 아이들에게 강조하는 입장이지만 그렇다고 양심을 속일 수는 없으니, 고백하자면 그는 적어도 작가 같지는 않았다. 식사를 자주 걸러 식탁에 드물게 앉았고 여럿이 모이는 자리에는 좀처럼 끼지 않았다. 시인이라는 귀띔을 듣자 그동안 나도 모르게 쌓였던 고정관념이 일순간에 무너지는 것 같았다. 등과 목덜미, 팔다리와 손에 이르기까지 그에게는 굵고 넓지 않은 부분이 한 군데도 없었다. 무심한 듯하다가 체중을 실은 주먹처럼 순간 뻗쳐오는 눈빛은 시인이라기보다 농민군의 장수 같았다.

그와 거리를 좁히게 된 계기는 운동이었다. 깊고 잔잔한 작가들 사이에서 좀이 쑤시기 시작한 나는 야구 글러브를 샀고 미처 챙기지 못한 농구공과 농구화를 택배로 받았다.

"운동하실래요?"

운명이 그런 것이지만 말 한마디가 불러올 후폭풍을 그때는 알지 못했다. 함께 농구장에 가서 대학생들과 한판 붙었는데 첫 시합의 몇 득점을 순식간에 따내고 이런 생각이 들었다.

'같은 팀이라 다행이다.'

땀은 정직해서 몇 분만 뛰어보면 누군가의 어떤 부분을 알 수 있다. 몇 게임을 이겼는지는 기억나지 않는다. '젊은 것'들을 무찌르고 마신 맥주와 그 뒤로도 종종 함께 흘린 땀 덕분에 '최치언 선생님'은 '형'이 되었고 그 뒤 다른 어떤 작가보다 많은 시간을 함께하는 사이가 되었다.

최치언 시인과 함께 한 시간이 늘어갈수록 큰 산에 깊은 골짜기가 많은 이유를 알 것 같았다. 팔방미인이라는 말이 있는데 그는 분명히 미인은 아니지만 신에게 이유 모를 재능의 편애를 받았다. 엘리트 체육 코스를 전공했고, 기술 관련 자격증과 경험이 있는 직장인이더니 돌연 문학으로 방향을 바꾸어 시인으로, 소설가로, 극작가로 거침없이 등단했다. 그가 연출한 연극들을 보며 황홀했던 기억이 난다. 언어가 시각적, 청각적 이미지가 되고, 이미지들이 주마등의 잔상처럼 겹쳐져 인물이 되더니, 그 인물들이 저마다의 절실한 이야기를 씨실 날실로 직조하여 만든 입체적인 연극은 한 작가가 세상과의 불화를 겪어내고 오랜 진통 끝에 그 불협화음을 종합 예술로 변화시킨 결과물을 한두 시간 만에 보여주었다. 그의 연극은 그대로 한 편의 장시였다.

시와 소설과 연극과 삶을 어떤 순서로 배열해도 최치언을 설명하는 데는 오차가 없다. 솔직하고 우직한 최치언 시인을 나는 곰이라 부른다. 곰 중에서도 북극곰이다. 곰은 극단적으로 희화화된 동물이지만 그 본질은 둥근 얼굴과 푹신한 몸과 부드러운 털과 짧은 사지가 아니다. 송곳니와 근육, 지방과 발톱으로 살아가는 생존본능이 곰의 정체성이다.

재작년 여름 북극곰을 만나기 위해 북극해를 떠돈 적이 있다. 북미의 북극권 도시에 가면 관광객도 어렵지 않게 북극곰을 볼 수 있는데 나는 야생 북극곰이 보고 싶었고 러시아 쪽 동시베리아 해에서 소원을 이룰 수 있었다.

날마다 뱃머리에서 해빙을 지켜보았는데 북극곰은 뜻밖에 얼음이 전혀 없는 바다 한가운데서 나타났다. 푸른 바다 위에 해빙 조각 같은 곰을 보자마자 나는 선교로 달려가 가장 가까운 육지와의 거리를 확인했다.

300킬로미터.

배고픈 여름 곰이, 거대한 수컷 흰곰이 사냥을 할 수 있는 얼음을 찾아 헤엄쳐 나온 거리였다. 바다 한가운데서 배를 발견한 곰은 도망치지 않았다. 무엇을 기대했는지 큰 앞발로 느릿느릿 헤엄쳐 뱃전 아래를 유영했다. 한두 달을 굶었을 공복과 여러 날을 헤엄쳤을 피로의 흔적이 얼굴에 분명했지만 아무것도 해줄 것이 없었다. 지구에서 가장 거대한 육상 육식 포유류를 배에 태울 수도, 규정을 어기고 먹을 것을 줄 수도 없었다. 북극곰은 코카콜라를 먹지 않는다.

결국 바다 한가운데 북극곰을 놔두고 뱃머리를 돌려야 했다. 낮은 선미 너머로 멀어지던 얼굴, 푸른 북극해의 수면 위로 내민 북극곰의 둥근 얼굴이 점점 작아지다가 하얀 점이 되어 사라졌다. 멀어지는 배를 끝까지 응시하던 까만 눈동자가 생각난다. 그 곰은 더 추운 바다를 찾아 북극해를 가로질렀을까? 북극점에 가까운 차갑고 단단한 해빙 위에서 뜨겁고

피곤한 몸을 눕힐 수 있었을까?

북극권이 삼십 도가 넘어버린 올여름을 지나며 나는 그 북극곰을 떠올렸다. 『북에서 온 긴 코털의 사내』를 읽으면서 또 한 번 그 북극곰을 떠올렸다. 아무리 생각해도 최치언은 북극곰을 닮았다.

우리는 머지않아 북극의 얼음과 함께 멸종할 북극곰의 운명을 안다. 부드러운 암곰이 겨울잠을 자며 부질없는 희망처럼 새끼를 낳는 겨울, 몇 달 동안 지속되는 캄캄한 극야를 겨울잠도 없이 헤매며 수컷 북극곰은 눈보라를 뚫고 끝없이 발걸음을 옮긴다.

일렁이는 극광 아래 그가 남긴 발자국이 백야를 맞아 드러난다면, 세상에서 가장 길고 춥고 어두운 겨울에도 굽히지 않았던 의지를 보여준다면, 겨울 동안 남긴 발자국이 북극점을 넘어 그보다 더 멀고 추운 곳을 가리키는 표지가 된다면, 곧 옛이야기가 될 다른 북극곰들에게 보내는 문장이 되어 그들을 영구결빙의 피난처로 이끌어낸다면…….

최치언과 그의 시를 보면 잠들지 못하고 방황하는 겨울 북극곰과 그가 남긴 눈밭의 발자국이 떠오른다.

그를 아는 모든 사람들이 인정하지만 최치언 시인

은 힘이 있다. 오랫동안 그토록 힘차게 달려오면서, 몇 작가를 합쳐야 해낼 수 있는 문학적 성과를 묵묵히 만들어 내면서도 그는 지친 모습을 보여준 적이 없다. 눈치 보지 않고, 계산하지 않고, 가야 할 방향을 향해 내닫는 의지가 작품에 넘친다. 그것만으로도 압도적이지만 이번 시집에서는 뭔가 다른 느낌을 받았다. 갑주로 무장하고 비정한 세상을 향해 뚫거나 뚫리거나의 자세로 돌진하던 그에게서 정다운 체온이 느껴졌다. 이전까지 숨기려 했던, 혹은 숨겨야 했던 맨살의 온도가 장갑판을 뚫고 전도되는 느낌이었다.

곁에서 지켜보아 확신할 수 있으니 그가 완벽하게 온기를 숨기고 세상과 대치해온 이면에는 결국 사랑이 있다. 그와 시간을 함께할 때면 흔들리지 않는 냉철함 속에 문득 내비치는 따뜻함에 놀랄 때가 있다. 철갑을 걸은 그는 누구보다 섬세하고 뜨겁다. 희망을 이야기하다가 꿈쩍하지 않는 세상에 지쳐 절망하는 동화작가에게 문득 보이는 그의 속내는 의지가 되고 다시 나아갈 격려가 된다. 그래서 나는 먼 길을 최치언 시인과 함께 가고 싶다. 걷는 길은 달라 보여도 방향이 같으므로 언제나 의지할 수 있는 괴물과 끝까지 걷고 싶은 것이다.

그는 괴물이다. 가장 작고 여린 것들을 사랑하지만 스스로의 크기와 힘 때문에 다가갈 수 없는 안타까움을 품고 살아야 하는 운명이다. 상처 주지 않기 위해, 사랑을 드러내지 않기 위해 위악을 갑옷처럼 두르고 평생을 바라보는 외로움이다. 스스로를 방파제로, 장성으로 삼아 최전방에 눕혀두고 등에 창칼을 맞으면서도 품안에 작은 것들을 보듬는 거대한 어미다. 최치언은 그렇다.

한 편의 시는 한 편의 이야기. 『북에서 온 긴 코털의 사내』를 읽으며 저마다 살아 파닥이는 수많은 이야기들을 만나 행복했다. 여전히 힘찬데 전과 다른 빛깔로 반짝이는 시들이 여기저기 눈에 띄었지만 둔한 눈으로는 사방팔방 튀는 이야기를 끝까지 쫓아갈 수 없어서 안타까울 따름이었다. 그중에 혼자 좋아서 마지막에 언급하고 싶은 건 「악하지 않은 악몽」이다.

사람을 물지 않는 동물, 사람들이 존재조차 모르는 동물이지만 그 쩍 벌린 아가리 속에 마을이 있고 사람들이 있다. 아이들의 웃음으로 자신의 삶을 견디는 동물, 아녀자들이 작은 제물을 바치고 큰 슬픔을 맡기지만 애초 그녀들은 울 필요가 없었던 것이다. 그 동물은 절대 입을 닫지 않을 것이므로.

시치미 뗀 괴물의 고백 같기도 하고, 살아 있는 전설을 높은 꼭대기에서 바라본 누군가의 독백 같기도 한데 작품 속 크고 작은 존재들의 관계가 눈물겹도록 정답다. 동화보다 더 동화 같은 시를 쓴 이가 정말 내가 아는 그 시인인지 놀랍고 반가울 뿐이다. 제발 동화에는 눈길을 돌리지 않기를!

스스로를 악몽이라 부르지만 결코 악하지 않으므로 악몽일 수 없는 꿈, 세상에는 그런 존재가 있다. 잃어버린 단어, 살아 있는 단어를 찾기 위해 죽음을 무릅쓰고 종말의 해안을 찾아갔다가 스스로 단어가 되어 쓰러지는 '시인'이 있다.

나는 그를 알겠다. 그래서 행복하다.

북에서 온 긴 코털의 사내

2018년 10월 30일 1판 1쇄 펴냄

지은이   최치언

펴낸이   김성규

책임편집   김은경 조혜주

디자인   진다솜

펴낸곳   걷는사람

주소   서울 마포구 월드컵로16길 51 서교자이빌 304호

전화   02 323 2602

팩스   02 323 2603

등록   2016년 11월 18일 제25100-2016-000083호

ISBN 979-11-89128-18-0 04810
ISBN 979-11-89128-01-2 (세트)